턴테이블 위의 봄날

사임당시인선 7

턴테이블 위의 봄날

초판인쇄 | 2013년 12월 10일   **초판발행** | 2013년 12월 20일   **지은이** | 조선영
펴낸이 | 배재경   **펴낸곳** | 도서출판 작가마을
등록 | 2002년 8월 29일(제 02-01-329호)
주소 | (600-012)부산시 중구 중앙동 2가 24-3 남경 B/D 303호
　　　T.(051)248-4145, 2598 F.(051)248-0723 E-mail:seepoet@hanmail.net

정 가 / 8,000원
© 2013. 조선영 ISBN 979-11-5606-009-3

※ 잘못된 책은 구입 서점에서 교환됩니다.

※ 본 도서는 2013년도 부산문화재단 지역문화예술 육성지원사업의 일부 지원으로 발간되었습니다.

사임당 시인선 ⑦

턴테이블 위의 봄날

조
선
영

시
집

도서출판 작가마을

• 자서

내 영혼에 불꽃을 당긴 것은 바로 시였다

절반의 바람 속에 사는 동안

그 불꽃 꺼뜨릴까 늘 조바심했었다

울림의 미학, 장렬히 부딪혀 온 몸으로

우는 종소리, 꺾일 듯 이어지는 맥놀이의 떨림으로

세상 그 어느 여백의 빈 가슴에 가 닿아

잔잔한 울림, 긴 여운으로 시야 다시 만나기를……

2013년 겨울

시인 　조선영

제2부

조선 시집 턴테이블 위의 봄날

제4부

제1부

도둑게에 대한 보고서

　을숙도 명지 앞 바다, 지금도 그 하구엔 섬이 자란
다는 삼각주 진우도에 가면 아예 땅굴을 파고 들어
앉아 간 큰 대낮에 부뚜막까지 빨간 도둑게가 출몰
한다. 참외나 수박 껍질, 국수와 삼겹살 거뜬하게
식신처럼 먹어치우는 게들…… 당국에 허가 낸 도둑
처럼 등껍질에 스마일 문신을 그려 넣고 두 집게발
로 바다에서 떠밀려온 죽음을 검시하며 밥뚜껑까지
열고 해먹던 일이 멋쩍어 씨익 웃는 다는데 때는 바
야흐로 만조의 시각, 은은한 보름 달밤이면 바다로
내려와 격렬한 도둑의 유전자, 적의의 게거품을 물
다 두둑한 배알을 털고 가는 도둑게들…… 요즘 그
섬에 어디론가 종적이 묘연해진 게들의 행적을 수소
문 해보면, 도둑의 심보 훤이 들여 다 보이는 사각
의 유리벽 속에 종신형으로 갇힌 신세지만 치사하게
살금살금 도적질 같은 것 안 해도 애완용이란 이름
에 다정한 눈길로 관람하는 도둑게에 대한 보고서.

눈물 한 방울의 전람회

푸근히 담기지도 못할
가파른 벽면
투명한 물방울 하나
생명의 물 줄기, 그 발원도 없이
어디서 튕겨져 왔을까
뚝 떨구어질 위험한 존재로
벽보처럼 붙어있다
숨죽여 그 앞을 지날 때
조그만 관심을 기울여도
슬픔의 무게 중심이 흔들려
참을 수 없는 흐느낌으로
그렁그렁 글썽이는
물집의 눈빛을 피한다
때론 짜디짠 삶의 고통도
저토록 순수한 결정으로 순화될까
그 아픔 다 읽기도 전에
저 맑은 영혼
어딘가로 스며들 것 같아

똑 바로 쳐다볼 수도
차마 외면 할 수도 없는
진한 갈증보다 더 깊은 굴절
눈물 한 방울의 전람회

창호지를 바르며

바지랑대 끝에 높이 올라간 하늘

고추잠자리 비행하는 가을 볕 좋은 날

묽은 풀죽을 쑤어 놓고

아버지 손때 묻은

짚 헤기 풀비도 찾아 놓고

긴 겨울밤 손 그림자놀이 화면이 되어주던

문구멍들 짝눈으로 내다보면

눈썹달 뜨고 별똥별이 지며

숭숭 드나들던 황소바람에

얼룩이 달룩이 장국물, 북북 찢어낸 문짝들

들 청 마루에 내려놓고

탈탈 묵은 먼지를 털어내며

하얀 창호지를 바릅니다

마루 밑 귀뚜라미 풀 여치 울음 한 소절

방 빗자루로 쓸어 넣고

문고리 곁에 마른 국화 꽃문을 넣다

겨우내 기웃거릴 찬바람들

파르르 떨어낼 문풍지를 바르며
잦은 풀 비질로 긴 여름을 봉인하고
소슬한 시간 속에 마시는 한 잔의 커피 향에
휴식 같은 작업을 마감하며
가을꽃 눈물 이슬 한 모금 푸~우 하고 뿜어주면
세상의 모서리들 끼리
팽팽하게 당기는 긴장감으로
방 안에 번지는 풀 향기 그윽한 날
그 숱한 그리움들과 잘 사냐며
문고릴 당겨 줄 것 만 같은
그런 기러기 같은 가을 손님이 오리라고

노래하는 혹등고래

　쿡 선장이 가장 친절한 접대를 받았다는 산호가
자라는 뉴질랜드 동북쪽 통가해역 바바우 화산섬에
가면 특이하게도 고래들이 크릴새우 떼를 만나 수
중 기포그물을 던지며 장난스런 꼬리치기로 먹이
사냥을 하는 혹등고래를 만날 수 있다. 짝짓기 철이
면 우 ~휘익~ 우우우 최신 곡으로 노래하는 수컷
들의 유혹이 암컷들 사이에서 감동의 인기를 누리
는데 폐활량 좋은 혹등고래의 노래는 절절한 사랑
가를 부르고 칠팔월 번식의 시기 두들겨 맞은 듯 한
소리의 진동을 온몸으로 느낄 베이스음까지 푸른
심해에서 울려오는 지구의 원주율에 주파수를 맞추
면 자전의 궤도를 이탈한 사랑의 세레나데가 우주
로 송신되고 있다.

개똥 참외

아침 산책길 미끄덩 개똥 밟고
욕 튀어나오던 그 자리에
아무개 같은 주인도 없이
버려진 사생아처럼 줄기를 뻗어 가던
참외 꽃 노랗게 온 여름을 퍼질러 피우더니
개똥참외 탱글탱글 물집이 잡혔다
개똥밭에 큰놈이라고 거들떠도 안 보는
유기된 세상 한 자락 숙명처럼 깔고
늘 눈에 밟히던 풀숲
비천한 출생 비밀을 숨기며
개똥참외는 온 여름을 쑥쑥 잘도 크고
개똥밭에 자란 천덕꾸러기지만
착한 씨앗 품은 마음씨 달디 단
그 속내를 그대 아시는가

동백 공화국

수령 백년의 세월을 견디며
보존 등기상 비바람이 전부였을
섬의 그 비탈진 지분에서
또 다른 역사를 기록하는 동백 공화국엔
겨울과 봄 사이 반란의 흔적들이
목 떨어진 혁명의 죄 값을 치르는 동안
동백나무는 피의 나라를 세웠다

건국 백년의 봄을 맞아
산 벚나무 꽃 삐라를 뿌리는 축하 전문이 배달되고
봄의 특사, 가장 우호적인 동박새
파도소리 음악회에 갈매기 민중들이 초대되었다

밤 별무리 수런대는
테러리스트들의 수용소
까마귀 우지짖는 나무의 북쪽
높은 철조망이 걸쳐진 초소가 서있고

반짝이는 동백 잎 견장에
삼엄한 경계의 국경 수비대가
심심찮게 도발의 체위를 뻗쳐오는
작살나무의 어지러운 주변과
코르크의 날개를 펴고
배수진의 울타리를 치다
위험하게 꽂혀오는 도발
화살나무의 국경을 살피고 있었다.

말 춤의 반전

아무데서나 코를 후벼 파고

못 생겨도 튀는 원색

싸구려 같지만 천박하지 않은

은근 나쁜 남자 스타일에

강남에 품위를 지키며

검은 선 그라스를 끼고 내 멋대로

에너지 넘치는 몸짓으로 지축을 흔드는

그 남자를 관람하기 위해

서울 광장에 팔만 준마들이 모여들고

박혀있는 말뚝도 춤추게 하는

그가 무대에 등장하자

뜨겁게 달구어진 광장의 말굽들

열광의 말 춤 속으로 빠져들었다

십만 동시 접속 버퍼링과 끊어짐에

짜증난 안방 누리꾼들

부유층의 공허한 삶을

아름다운 반전이 있는

이상형의 여자를 찾아가는
숨가쁜 말들의 호흡을 위해
과감한 생략법으로 리듬을 자르는
사상이 울퉁불퉁
뚱뚱한 매력의 섹쉬 남 그는
웃통을 까고 병 나팔 불며
초원에 고삐 풀린 야생마의 갈기
빌보드 차드 1위, 그 질주의 등줄기를 향해
말채찍을 가하는 말 춤
현란한 자유, 천진한 감성의 몰입으로
점점 마비되어 가는
지구촌을 폭풍처럼 강타한다.

우체국 옆 수예점집 그 여자

　　노거수 팽나무가 삼백 년을 한결같이 수호신처럼
서 있는 방하마을 동랑 청마 문학제가 열리는 산방산
아래로 갔었네. 한바탕 모듬북 공연 식후 행사가 끝
나고 시화가 걸린 마을 뒷길을 벗어나 노란 가을 풍
경을 자아내는 오름길 장모님, 사위 사랑 지게 질빵
에 질 나쁜 끈으로 쓰이던 사위질빵 나무가 하얀 울
음 터뜨리는 구월 산길을 따라 촌색시 연분홍 쥐손이
풀 꽃, 달개비, 저게 뭔 나문가 했더니 이름 그대로
뭔 나무 붉은 열매들 눈길을 끄는 거제 둔덕면, 추석
도 가까웠고 명태포에 햇사과, 배, 감, 수박, 떡, 맑은
술 두어 병 넣고 여러 시인들 제수꺼리를 짊어지고
발아래 푸른 하둔 만이 내려다보이는 청마 선생 묘소
를 찾아 갔었네. 청마선생의 흉상이 서있는 깃발 시
비 옆을 지나 성묘가 잘된 산소가 보이는데 아 ! 이게
웬일일까 두 분이 저승에서는 다정 할 줄 알았는데
그 먼 곳 까지 가서도 권재순 사모님과 멀찌감치

떨어져 누워계신 청마선생께 읍소하고 술을 올리며
참배한 뒤 아무래도 그 이유가 궁금해 권여사님께 술
한 잔 올리며 물어 볼 수도 없고 아마도 내 어리석은
짐작으론 "사랑하였으므로 진정 행복 하였네라" 그분
때문에 두 내외분 사이가 이리 벌어지신 것은 아닌
지, 산을 내려오는 길에 시인들이 찾아와 권한 술 덕
에 얼큰하게 취하신 청마선생님께 귓속말로 우체국
옆에서 수예점집 그 여자 인가요 두 분 사이가 아직
불편한 것이 넌지시 물어보았더니 검은 뿔테 안경 너
머로 빙그레 웃고만 계셨다고.

당신은 영원한 아저씨

당신께서 그 먼 나라에서 오시는 날
고기에 떡에 오색 나물을 무치고
여러 가지 전도 준비하고
쇠고기에 바지락 탕도 끓이고
늘 내 머리 맡에서
실어증 앓는 사람처럼
물끄러미 내려다보기만 하는 당신을
엄마 됴아! 아빠 됴아 !
겨우 말문 띠는 귀여운 손녀딸에게
예린아!
할비다! 할비! 라고 소개를 했더니
손녀는 둘째손가락으로
당신을 가르키며 한사코
아이씨! 아이씨!라고 부른다

식구들 오랜 만에 모여
웃음꽃이 피었지
참말로 울다가도 웃을 일이다

당신의 짧은 생 서른 네 해
청춘에 꽃 지던 봄날 그대로
주름살 하나 없이 당신은 청춘인데
그리움에 눈시울 뜨거워
나는 이렇게 홀로 늙어
손녀딸이 할미! 할미! 하는데
그 먼 곳은
얼마나 좋은 세상인지
세월가도 늙지 않은 당신
젊은 아이씨! 아이씨! 라서 ㅎㅎ참말 좋겠다!

꽃잎 견장

산 벚나무 꽃들이
하얀 폭포처럼 쏟아지는
연둣빛 봄길 위에 서면
몰래 숨어든 게릴라처럼
누가 발포의 총구를 겨누는지
꽃불이 옮겨 붙는 생의 환희가
산 일번지 가난한 사람들의
숱 많은 눈썹 위에
축포처럼 내려앉는
화려한 봄날도 있다
탈대로 다 태우다
꽃 불티 펄펄 날리는
그 나무 아래서 한참을 서성이다
손뼉을 치는
꽃 삐라의 환영 속으로
아~ 얼마만의 휴식 같은 봄밤인가
환해진 표정으로 집으로 돌아가는
사람들의 어깨 위에

힘들게 살아온 날들
고된 삶의 계급장 같은
꽃잎 견장이 빛나고 있었다.

그림자 연못

늦은 봄날 굽 높은 산돌아 하동포구 섬진강 은빛 모래
길 따라가다 고단한 숨결 뱉어낸 노송 그 화엄의 산길
을 오르면 한 낮의 태양이 녹음을 끌고 들어와 천년의
이끼 낀 연못 속으로 주변의 초록 나무 그림자 웅숭깊
다 돌배 타고 온 아유타 공주 가락국 왕비 수로부인 장
유화상을 따라 출가하여 칠불이 된 일곱 왕자 모자의
인연으로 살아서 만나지 못하고 울음 끊어낸 천륜은 비
단필처럼 찢어져 퍼내어도 마르지 않는 몽매한 그리움
이 둥근 연못에 어리었을 청동거울엔 무심한 비단 잉어
떼 한가롭고 달빛 환한 보름달 밤이었을까 꿈결인 듯
놓아버린 영지, 일곱 왕자 금빛 부처를 어렴풋 눈물로
만나고 아쉬움에 돌아간 환영은 천년 기다림의 연못가
전설처럼 숙연하다.

미루나무 아래서면

여름을 보내는 동안 앞 강물 허리통 실실하게 차오르
고 여뀌꽃 피어 풀 여치 튀는 들길을 걸어가면 옛 기억
의 황량한 주소지에 그리움 그렁그렁 찬 눈빛으로 매미
소리 우렁찬 내 유년의 그늘에 미루나무 한 그루 서있다
저 생생하여 무성한 잎들처럼 파닥파닥 점멸하는 불꽃
으로 팽팽히 후리는 우듬지 끝까지 높새바람 타고 솟구
치고 싶던 일 그 무엇이더란 말이냐 가다가다 못내 마음
에 걸리던 어지러운 묵정자리에 야윈 낮달이 걸려 넘어
지고 소요로운 바람의 움직임만 혼돈스럽게 가지를 흔
들 뿐 고집스럽게 시詩쉬하며 살았건만 어느 누구의 쓸
쓸한 배경에 들어 저 미끈한 미루나무 같이 근사한 풍경
하나 되지 못 한 것을……

여치집 울음

여름 한 나절 밀짚으로 엮은
여치집 속으로 들어가
초가로 엮은 처마 끝에서
곤충 가슴의 맥박 그 떨판을 빌어
찌르레기 처량한 울음의 반열에 들어
실컷 울어도 보고 싶네

슬프지도 소란스럽지도 않게
벌레소리 듣기 좋은 한철
맑은 생 울음들에 도취되어 가는
호박꽃 초롱 환한 논두렁
무논에 개구리 떼
합창에 간간히 끼어드는
여름밤 우렁찬 소리의 소통
찌르륵 찌르륵 찌륵
은밀한 밀교의 접속
사랑의 암호를 타전하다
울음 소리, 그 파장을 조율하는
족속들의 격렬한 울음 유전자들

난생 그리움을 문지르면
묘연한 노래가 되는가.

턴테이블 위의 봄날

* 34

바늘로 나를 긁어주세요. 증폭된 회상의 기억, 턴테이블 위의 봄날엔 어지럼증 같은 사랑 노래가 흘러나와요. 심금을 울리던 저음들이 우울의 저항에 걸렸는지 매끄럽게 넘어가질 않네요. 늘었다 줄었다 후렴도 아닌 반복되는 노랫말 따위는 식상해요. 잠깐 이별 이전으로 올려주세요. 그해 꽃피던 청춘의 봄날 이후, 4배속으로 돌아가는 세상, 역주행 하던 에스컬레이트에서 음표들이 와르르 비명처럼 넘어져요. 아아 숨고르기를 하세요. 가끔씩 향수에 젖고 싶다면 추억 속 둘레길, 빗물 흐느끼던 음반의 홈 술을 따라 가보세요. 오래전 저장된 음파에 잔잔한 파문이 번지네요. 늘 재생을 꿈꾸며 침묵하던 동심원 그 주변을 맴돌다 짧았던 인연의 한 소절이 아프게 되살아나요. 미련하게 망설이던 시간들에 지금쯤 결이 삭는 지요. 슬프거나 외로운 노래들은 심한 난청처럼 그 먼 곳에서, 조용히 꽂혀 지내나요.

비단벌레 이야기

　내가 한 마리 곤충이었다면 내소사 가는 길 팽나무 섞은 고목에 석삼년 애벌레 유충으로 세들어 살다가 한여름밤 신록을 차고 오르며 반짝이는 섬광, 영롱한 초록빛 한 쌍 줄무늬 붉은 비단벌레 고의적삼 같은 날개를 달고 싶네. 푸른 적의를 품고 삼국 통일의 위업을 내달리던 서라벌 장수, 그 영토 확장의 진군 일로 북진의 채찍을 가하던 말발굽 소리를 따라 주술적인 믿음 영원의 상징 황금 투조 문양을 새긴 금동 가리개 말안장에 얹혀 천 년의 시간이 분해되고 있는 신라왕의 무덤 침묵하는 석문을 열면 황남패총이 간직한 비색 발광하는 날개의 꿈으로 돌아가 찬란한 비약의 상상력 생명의 불꽃으로 날아 오르리.

주꾸미 꽃

살아있는 그 마지막 순간까지
표본실 나비처럼 잘 전시되어야
싱싱한 목숨들 거래되는
시장 뒷골목 바다 횟집
저승 꽃 물이끼 피어나는
어두운 수직의 벼랑을
둥근 흡착의 빨판 붙여가며
어딘가 절박한 심정으로
먹물을 질러대는 봄 주꾸미 떼들
구원의 벼랑을 기어오른다

한 점 그대 혓속에서 궁그릴
부드러운 살맛의 진상을 위해
두렵게 경직된 죽음은
그 맛조차 떨어뜨리는 일일까
다닥다닥 어깨가 붙은
낮은 횟집 지붕들
비릿한 삶의 예각 사이

따뜻한 봄볕에 나앉은
분에 담긴 진달래가
봄맛을 지나칠까
손님들을 불러들이고
요령도 상엿소리도 없이
뜰채에 건져 올린 소명
수족관 유리벽을 헛디디며
하얀 주꾸미 꽃들이
죽음의 축제처럼 환하게 피고 있다.

꽃담에 피는 봄

구중심처 치레 고운 담장, 벽사 무늬에 요사스런 잡귀 아귀를 걸러내고 구워낸 흙 속에서 한 목숨 따내어 피는 꽃들 진화하는 문명의 세월에 안과 밖의 경계를 푼다. 비밀스런 궁궐의 후원을 둘러서며 꽃과 담이 한 몸을 이루었을 천 년의 향기를 장식하며 숨결 탄 꽃들은 피는 중이고 꿀벌들은 꽃의 내력을 탐색 중이다.

중궁전 큰머리 단장한 모란은 영화롭게 피어 나비가 된 장자를 거느리고 곧아서 푸른 왕 죽의 기세 창창하던 왕도의 날도 가고 길상무늬 이어진 담장 위로 몰아치던 침략, 드세어진 외풍은 칼끝을 들이미는 빼앗긴 치욕, 몰락한 왕가의 아미산 붉은 벽화엔 불로초를 뜯는 꽃사슴, 눈빛들 권태롭고 육각의 십장생 굴뚝 위로 쿨럭쿨럭 게워내던 하얀 꽃 연기 사라지던 흐릿한 기억들을 놓치다 홍매화 붉은 입술을 깨물며 떨잠 머리에 옥비녀 빗어 넘긴 어린 왕비가 교태전 쪽마루에 앉아 아롱아롱 꽃담에 낙화 지는 꽃잎들 바라보며 허물어지던 국운에 슬픈 꽃 숨을 던지던 봄날이다.

열대어들의 정원

　주둥이가 활짝 열린 항아리에 열대어들이 휘휘 몰린
다 .그들의 연못, 투명한 우주를 들여다보면 꼬리지느
러미 붉은 치마를 펄럭거리는 수컷들이 스토커처럼 빠
짝 붙어 다니는 그들의 연애는 치정처럼 아주 가학적
인 사랑 놀이다.

　더 이상 내일의 태양에 인화되지 않기를 나를 삭제하
기 좋은 곳은 까맣게 칠해버린 자폐의 어둠 속이다. 어
딘가 뿌리 깊히 박혀버린 대못처럼 그 틈을 별들은 더
욱 빛난다. 서로 좁혀지지 않는 수만 별들의 간격을 바
라보면 당신도 지루한 사이의 별이다 늘 실랑이를 벌
이는 다정이 괴여있어 파문이 끊이지 않는 수면, 난태
생 열대어들의 정원 가까이 엿보다 놓쳐버린 초록 수
초 사이로 그들은 어떤 불순물도 없는 물 맑은 사랑에
접속 중이다.

제 2 부

풍등을 올리며

늙은 플라타너스가 바람의 합창을 하는 무더운 여름, 공깃돌 놀던 아이들 잊혀진 기억들 앞구르기 하는 모래 알 분교 운동장, 조용해진 쓸쓸함 그 으슥한 빈틈을 타며 잡초들 슬금슬금 웃자란다. 오래전 교실엔 자폐증을 앓는 벙어리 손풍금이 더듬이를 세우며 옛 동요의 음계를 짚어내고 오른편 폐교의 풍경이 된 책 읽는 소녀의 희망은 외롭다. 밤이 이슥할 즈음 사람들은 소망하는 그곳에 높이 오르기를…… 마음의 심지에 불빛을 점등하며 오색의 풍등을 띄워본다. 더 높이 올라 별이 되기를 우주로 전송 되는 늦은 내 수신호에 두 손을 모우며 아름다운 비상을 꿈꾸는 여름 밤, 환호하는 세상의 중심으로 밀어 올리는 공중부양의 힘, 그것은 드센 바람이 아니라 은유의 별빛을 찾아가는 풍등 속에 피는 따뜻한 가슴의 고동 같은 성스러운 불꽃이었네.

우물 속의 바다

　지구의 지붕 히말라야의 루트가 그들에겐 척박한 생의 배경이다. 아침엔 차를 마시며 저녁엔 말을 몰고 돌아오는 유목민 새와 쥐들이 다니는 조로서도 생과 사를 넘나들었을 험난한 육천 미터 고산 신의 땅, 골라라카를 올라 차와 곡식, 소금을 얻기 위해 말과 야크 등에 등짐 얹어 길 떠나는 일이 삶의 화두가 된 마방들은 자연생태의 일부다.

　길 떠남을 신에게 고하고 향나무에 연기꽃를 올리며 오색 천에 새긴 경문을 걸고 불교가 전해지던 연화생의 길을 따라 산 공중에 띠처럼 걸려 있는 천길 벼랑으로 사람이나 짐승이나 헛디뎌 추락하는 일이 신께 제물로 바쳐지는 축복이라며 죽음과 공존하는 생존 방식은 푸른 호수처럼 담담하고 두려움이 없다. 붉은 급류의 땅 난창 강 협곡을 지나 티벳트 동부 옌징 마을을 지나면 그녀들의 남자들이 차마 고도를 넘어 소금을 팔고 돌아올 동안 태양과 바람의 선물 복사꽃 도화염이 피는 그곳엔 붉은 소금밭 저수조 아래 소금 고드름이 종유석처럼 흘러내리고 평생 바다 한번 만난 적 없는 자다촌 여

인들이 물지게를 지고 소금 염전을 경작하는 천년 전 거
친 바다였을 우물을 길어 올리며 눈물보다 짜디짠 소금
보석을 캔다.

백양사 뒤뜰에 타는 모닥불

가랑잎 수북히 쌓여 미끄러운 산길을
아슬아슬 타고 올라 바라본 하늘아래
모닥불 장작더미에 입적하는 가을 산
이끼 낀 백양사 돌단 올린 뒷 뜨락에
애기동자 꽃단풍 모닥불로 타오르고
그 누가 빌다 갔을까 이름 없는 돌탑 하나
백양 떼 귀 세우고 설법 듣던 절집에
전설이 된 산양들이 구름처럼 모였을까
죽어서 넋조차 두니 이름 하여 백양사
부처님께 빌고 빌어도 헤어날 길 없어라
잎 지던 뒤뜰에 서서 눈물짓던 사람아
풀잎에 이슬 한 방울 아픔이 된 사랑이여
쌍계루 못물 속으로 낙엽비 떨어지고
희디흰 백학이 와서 날개를 접던 물가에
추색에 물든 백학봉 나붓이도 앉았으라

비의 리듬

비 내리는 들녘 끝으로
키 작은 홑잎의 애잔한
자줏빛 들꽃으로 피어도 보리
애조 띤 눈망울 가득
글썽이는 빗물이 고여
나직히 부르고 싶은 슬픈 이름
수직으로 꽂히는 비의 음표들
초작초작 빗발소리 받아 적으며
풀 잠자리 젖은 날개
어눌해진 비의 계절은
초라한 어깨 위에 떨어져 내리고
오후를 시침질하는 비의 리듬 속으로
그리움 한없이 빗금져 가리

그 집에서

장마는 잠시 소강상태
처마가 들창코처럼 들려
안이 훤히 들여 다 보이는
술탁 서너 개 놓인 비좁아 터진 콧구멍 같은
팔도시장 명태대가리 집에 가면
밤이 늦도록 막걸리 마시는 사람들이 있어 좋다
양주처럼 유혹적이지 않고
넘치도록 따라주는 인정에
마음을 털어 놓다가
막걸리처럼 걸쭉한 농을 걸기도 하는
마음 헐렁해져 편한 집
빗살무늬 부추 부침개에
명태 대가리 양 볼따구를 발라 먹다가
얼리더니 녹이던 명월이
황태 덕장에서 막노동하던 날들에서
새치기하듯 뚝뚝 끊어놓던 말을 찾아
취한 술기운에 한참을 헤매다
손바닥 만 한 가자미 뼈를 바르며

잠시 딴청을 들며 잘 삐지기도 하는
인생 길 한 고개 넘어가다
내리는 늦은 밤비 소리
술손님들 술렁술렁 빠져나가고
추적추적 내리는 비를 맞으며
돌아 나오는 시장골목
수수한 이웃 같은 그 집들이
잘 가게! 하며 어깨를 툭 친다.

망태 버섯

긴 장마에 권태로운 시간을 일으키며 산 숲 누짐한 산길을 오르면 소나무 등궐에 등황색 망사를 눌러쓴 귀부인을 만난다. 쉿! 하고 소리를 죽여도 노란 홀씨의 포자들이 확장하는 허공 속으로 날 벌레들을 불러 모으는 망태의 습성, 그 하루 어디서 화사하게 꾸며왔는지 하얀 심지 올리기도 전에 문득 떠오른 지상에 머문 잠깐, 금새 사그라들 것 같은 짧은 편두통 같은 생명의 불빛이 노란 맹독을 품을 동안, 그 찰나의 등잔아래 너를 읽는 잠깐 순금의 햇살 속으로 녹아드는 허무한 그대 추상이여.

입동 무렵

　기러기 가로지르는 날갯짓 푸른 울음, 북풍받이 언 바람벽에 와시렁 와시렁 매달린 마른 무청 같은 욕지꺼리 섞어 가며 밤새 기다려도 오지 않던 김씨, 첫 새벽 안개를 밀치며 막내 딸 들쳐 업고 저잣거리 국밥집을 들어서는 안달 난 끝자네, 끝장을 보란 듯이 나란한 고무신 마당에 내팽개치고 두고 보잘 것도 없이 문고리를 확 당기면 지난 밤 진풍경이 방안에 펼쳐지고 무숫닢 검은 머리채 잡혀 찢어지는 비명에 알몸으로 딸려 나오던 조선무우 같은 국밥집 그 여자, 혼자 일구던 지리산 화전처럼 화력 좋다던 김씨 잠적한 세월도 가고, 쓸쓸한 무덤 같은 추운 삼동에 무우 구덩이 안으로 언 손을 밀어 넣을 때 마다 생각난다는 그 따뜻했던 그 해 입동 무렵이라니.

할미꽃 연가

자줏빛 비로드에 노란 꽃술
인정의 매듭수를 놓고 살던
이 땅의 할미꽃들
고단했던 삶을 부려놓고
구부러진 지팡이를 짚으며
쉬엄쉬엄 어딘가로 가고 있다

빈 가슴을 문지르면
뻴릴리 소리라도 날 것 같은
금지옥엽 귀한 자식들
다들 사느라 바빠서
행여 짐이 되지나 않은지
저승꽃 만발한 요양병원 대기소
녹음방초 우거진 기억들은
모진 풍상 치매 끝에
세상일들은 백지장처럼 하얗고

물끄러미 꽃잎 날리는 창밖으로

한줄기 기다림도 잊은 세월
까만 꽃씨 같은 동공마저 풀려
호호 백발 할미꽃 외로운 무덤
어제는 시름시름 꽃지더니
외진 세상 담벼락, 찬 돌을 기대고
오늘은 하얀 머리를 풀고 있다.

꼭지에 대한 단상

귀밑까지 붉어진 열매들이 말랑말랑한 단맛이 들면 쌀쌀한 찬바람에 횅하니 남아 떨어져나간 우수수한 생각들로 어느 가을 볕 어귀에 앉아 인고의 시간을 다 써버린 깡마른 선승의 말씀, 꼭지를 비틀어 딴다. 한때 나무와 열매 사이에서 매달리며 껴안아 사무치던 그 자리, 생의 싱그러운 아우성들로 뜨거운 전류가 흐르던 접지의 그 때였던가 악착 같이 붙들지도 못하고 버티어온 생각들로 채 여물지 않고 떨어져나가 횅한 그 자리가 내 슬픔의 흉터였을까.

한 점 생의 무게도 없이
빈 꼭지처럼 이리저리 나뒹굴다
한 동안 떠난 것들이 그리울 즈음
그래 아프게 털려버린
볼 품 없는 뒷 꼭지
그 억지 주장 같은 결별의 힘으로
다시 가는 거다
사람아

서이말 가는 길

피우는 날 다지기도 전에 뚝 떨어진 몰락으로 몸져누운 동백 아가씨 애달픈 사랑노래 즈려 밟고 간 눈물길이 남도의 섬 동백인가 어질머리를 돌아나가는 먼 바다는 명징한 이끌림 성서처럼 빛나고 바다로 내민 꽁무니 같은 작은 마을 공곳이엔 노랑드레스를 펼쳐들고 매혹하는 봄의 무희 수선화는 바다의 풍경에 닿아있다, 미열처럼 오르는 봄 바람, 흰 제비꽃 소슬한 눈빛, 찔레 넝쿨 새순 순하게 돋는 봄의 둘레 길 그다음 페이지를 타박타박 걸어 넘기며 쥐의 두 귀를 닮은 형상 서이말 가는 길 어둠을 틈타 비밀스럽게 나눈 밤의 귓속말 쥐들이 먼저 엿들었을까 홀로 애간장만 끓이다 내성이 생긴 내 근심처럼 늘 막막함으로 머무르다 푸른 궁창에 갇힌 바다, 한 낮의 그린 시간 속으로 낯선 방문객의 기웃거림에 나른한 평화를 즐기며 반짝 유리 웃음을 반사하던 산도깨비 같은 등대를 찾아간 그 하루가 백지장처럼 접혀 돌아갈 내 우울한 순례의 반환점이였음을……

흐린 날엔 국수를 말고 싶다

갑작스런 부음을 접하고
조문하고 돌아오는 길
출출한 골목을 들어서면
허름한 간판을 내걸고
멸치 다시 우린 맛
바다처럼 시원한 국수집에서
어느 엽엽한 아낙이 말아주는
국수 한 그릇 먹고 싶다

한 끼 어줍잖아도
세상의 맛들이 차지도록
찬물을 끼얹어가며
삶아낸 쫄깃한 국수들이
채반 위에 하얗게 말려 오르면
노란 양푼에 국수사리를 넣고
부추 나물 고명에
김 가루를 뿌려가며
송송송 쪽파 향 같이 살자 더니

느닷없이 눈물 쏙 빼놓는 청량초
매운 이별들 허다한 일

함석지붕에 떨어지는
빗소리 울리는 국숫집에서
고추 양념장을 끼얹다 말고
사는 일 묻기도 하며
목 메이게 씹을 것도 없이
갓 삶은 국수처럼 후루룩 넘기고 싶은
슬픈 날들이 가끔은 있어
그런 흐린 날은 국수를 말고 싶다.

수수부꾸미 굽는 남자

　광장 시장 먹자골목, 길게 늘어선 줄을 따라가다 보면 외면하기 힘든 수수 맛을 알고 오는 손님들 탓인가 뜨거운 철판 앞에 종일 서 있는 그 남자, 수수부꾸미를 굽는다. 둥글게 뭉친 수수반죽을 주사위처럼 던져놓고 바닥 같은 마음을 꾹꾹 눌러준 뒤 둥글게 뭉친 팥소를 넣고 수수떡을 지져낸다. 두개의 뒤집게 뒤 손끝에 노릇노릇 허리 접혀 뜨는 반달, 고소하거나 쫄깃한 주전부리를 찾아오는 손님들 사이로 남몰래 순번을 기다리는 어여쁜 사랑, 가끔씩 찾아오는 그녀를 은근한 설렘으로 한눈을 팔다 기름에 데인 흔적들이 쓰라렸을 팔뚝, 화덕의 열기에 붉어진 아랫배를 들어 보이며 해맑게 웃는 그 남자의 하루가 양손 가득 환전된 돈다발로 축복처럼 돌아오고 수수부꾸미를 굽는 일이 어머니가 물려준 가업, 마지막 선택이었을 막판에 뜨거운 인생의 반전, 뒤집혀 기름진 꿈이 지글지글 익어간다.

베트남 풍경

　패전의 비화를 숨기듯 그녀가 아오자이를 펄럭이며 나
이프로 물감을 눌러 찍으면 캔버스에 걸어 나온 나무들
이 강의 주변을 서성거리며 듬성했던 연둣빛 봄과 여름
의 사이를 무성하게 반짝이더니, 유속이 느린 메콩강 어
느 강어귀였을까 물 위에 집들은 파란 하늘 연분홍 지붕
을 이고 둥둥 강위를 떠다닌다.

　꼬깔 농라를 쓴 여인의 등 뒤로 한 동안 물속에 잠겼을
나무의 뿌리가 검은 머리카락처럼 드러나고, 카오나무
슬픈 전설의 붉은 피 어린 꽁까이들이 그 물 나무 그늘
아래서 야생화를 다발로 묶어 팔면, 전쟁으로 쓰라렸던
고엽의 땅이 이토록 찬란하고 환한지 오래도록 상흔의
후유증으로 늘 외면하고 싶었던 그곳이 복원된 평화스
러움으로 아름다운 남국의 풍경을 만나면 두고 온 혈육
의 눈물 라이 따이한이 그리울 즈음이다.

아라홍연

정자에 앉아 연못을 바라보는 일이
대작의 벼슬과 바꾸지 않았던
오래된 연당이 있는
선비의 정원 남도 아라가야에 가면
성산산성 토층 진공의 진흙더미에서
고려청자 빛 연못
암각 되어 단아하게 피었던
연꽃, 그 하늘바라기 하던 씨앗들
새순 같은 칠백 년의 세월이
하루아침처럼 살아있었다
연씨들이 긴 꿈에서 깨어나
신비한 생명으로 발아하는 고려의 숨결
시원하게 밀어 올린 꽃대의 공중부양
천년의 개화, 꽃눈 뜨는 환생은
마침내 연분홍빛 아미가 수줍게 열리고
꽃다운 십 육세 어린 나이에
바다 건너 원나라로 끌려갔던
슬픈 고려의 조공 공녀들이

아라 홍연이 되어 돌아 왔는가
아~붉은 혼불 고려의 넋이여

두명리 가는 길

봉긋한 젖무덤 야산 가까이
산딸기 붉은 유두를 물리는
유월의 산길을 돌아나가면
산 패랭이 개망초 피어 산 꿩이 울고
지난 봄 내 살붙이 같은
고추랑 가지를 심어 두고 온
다락밭을 타박타박 걸어 찾아 가네

오이꽃 지고 가지꽃 피고
어린아이 잠지만 한 고추가
쉬이 오줌 내리는 반 그늘 아래
부드러운 상추가 너털너털 자라고
한 눈 팔지 말기를
고추잎 곁가지를 따주며
지줏대를 고쳐주고
끈질긴 잡초들 뽑아주다
토마토 하고 부르면
또르르 구르는 동자들 웃음소리

살뜰이 두고 온 마음은
또 다른 그리움으로 차창에 스치고
홀로 한 잎 상추 쌈을 싸는
풋내음 행복한 저녁이면
함께 하는 농부의 착한 심성으로
두명리 밭두렁가에 나온
호박꽃 별무리 곱게
두런두런 자라나고 있겠지.

시의 열매

백 년을 두 팔 벌려 살아도
그저 고슴도치 까칠한 바늘만 돋았던
침엽의 나무들에
시의 열매가 열립니다
맨 처음 수맥 같은
쓰디쓴 생각의 실뿌리였을
시인의 머릿속에서
시달림에 시달린 시의 사유들이
산새들의 목젖 둥근 낭송으로
바람의 숲길을 오르고
꽃 진자리의 상처를 딛으며
사느라 눈물이 필요했던
그 한 끼 공복의 아침처럼
누가 와서 시를 읊조리며
마음의 양식을 얻어가는
잘 숙성 된 시간에
진한 단맛이 든다면
툭 하고 꼭지 털린 열매의 시들

외로운 한 생이 떨구었을
슬픔의 열매였음을.
그대 까치밥 붉은 공중
그 쓸쓸함에 닿는 부끄러움을 아는가

곰취와 삼겹살

강원도 높고 깊은 산 저습지
보약이 되는 산야초들
오월 신록과 어울려
솔향 은은한 솔개그늘 아래
뭇 이파리들이 곱은 손바닥을 편다

우리네 심성이 푸짐한가
넙적한 햇 떡잎들만 보면
돼지 삼겹살 한 점 올려가며
양볼이 미어지도록
마주 앉아 쌈을 싸다
맛의 궁합들 맞혀가며
쌉사름한 입맛을 즐기는 사람들
그 옛날 건국 신화 속의 인간
전설의 마늘 먹었다는
동안거 끝난 곰들이 으슬렁 내려와서
즐겨 먹었다는 곰취는
붉은 동자꽃 애잔하게 피는

대암산 팔랑 폭포 아래
봄나물 먹거리를 찾아온 사람들로
산채 축제가 해마다 열리고
노란 산도깨비 꽃방망이에
톱니 발톱을 세우는 곰취는
곰 발바닥을 닮았다.

제 3 부

나목으로 서다

깃발처럼 온 여름을 나부끼다 그윽하던 나뭇잎들
저렇듯 단호해야 하는 일을
담담하게 치러야 한다는 것을
쓸려버린 폐허처럼 몸 다 벗은 모과나무
나신을 그저 바라보는 일로
가장 쓸쓸한 며칠을 보내다

이런! 꽃이 피는 계절이 아닌데
상서로운 꽃이 피다니
건너편 담장 아래 호랑가시나무 발톱마다
첫눈처럼 하얗게 꽃분들이 쌓이고
낯익은 새들이 왁자하게 날아들던
동백나무 꽃들이 경전처럼 붉은 속울음을 터뜨려도
나는 그저 잎 다지고만 앙상한 그늘을 드리우는
한 그루 을씨년스런 나목처럼 서서
깡그리 다 떠나보낸 그 외로운 생각들에 갇혀 지내다
생에 건기가 지날 동안 스스로 침묵해야 한다는
것을……

족두리 쓰고 오는 봄

꽃샘바람 찬바람에 감기 드실라
신방을 둘러친 매화 방창 병풍
삼월의 문밖으로 춘설은 내리고
홍매화 붉은 뺨의 열여덟 어린 아씨
연지곤지 수줍음에
향 촛불 다소곳한 첫날 밤
무지개빛 색동저고리
다홍치마 걷고 앉아
두 볼에 살며시 짓는
볼우물은 깊어 별빛 고운 밤
향기로운 봄의 화관
검은 머리 연분홍 꽃 댕기드린
쪽두리 쓰게를 내려주며
청실홍실 마주 엮어
귀밑머리 풀어 한 백년 맺은 가약
꽃가마 타고 오던
아릿다운 그 옛일들이
아롱다롱 아지랑이 피는 이 봄날

어여쁘라 족두리 머리 쓰고

사뿐사뿐 잇따라

새 아씨 걸음으로 오는가.

목련화 지는 봄날

가슴 허전한 빈 공터에
때로는 환하리라고
목련 한 주를 키웁니다
누군가 부르지 않아도
봄 날이면 모여들 테지요
그럼 그 속에 어울려 귀족처럼 오세요
온통 꽃들은 내 것처럼 향기롭고
사랑의 꽃 탑을 쌓는 밤
황홀한 꿈 한 자락
만남과 이별, 그 간극은 참으로 짧고
하얀 꽃신 벗어 두고
홀연히 떠난 물가
봄은 시들어 오래도록 지루할까
그대 염려하지 않아도
봄비에 낙화로 진자리
뚝뚝 꽃잎 비워 낸 뜨거운 상처 좌
그 쓰라린 비애를 딛고
내 그리움 푸르게 푸르게
키워내고 있을 테지요.

아자방 사랑

지리산 화개동천 야생 차밭 길을 오르면 일곱 왕자 성
불한 칠불사 천년 영지, 금당에 비친 옛 그림자를 만나
고 환희심으로 가득했던 수로부인의 전설 속에 비단잉
어 떼 꽃 비늘 아련하다. 한번 뜨겁게 불을 지폈다 하면
부채살처럼 퍼지는 불고래 덕에 백일이 따뜻했다는 담
공 선사가 축조한 버금 아자방엔 석 달 열흘 하루 한 끼
로 장좌 불와 면벽하는 스님들의 벙어리 공부는 죽비를
내리치는 매서운 서릿발 같았던가, 빨리 데워지는 것이
쉬 식는 작금의 시절에 식을까 불안하게 껴입은 사랑도
한번 지폈다 하면 아자방 화구에 밀어 넣은 화엄의 불꽃
처럼 찬 돌에 옮겨 붙어 잘 식을 줄 모르는 천년 약속 같
은 감동이었음 하네.

서울로 간 명자

　장터 선술집 울타리에 야사시한 명자 꽃이 피면 방직 공장에서 돈 벌어 오겠다며, 가난이 싫은 시골 처녀들 무작정 봇짐 싸서, 야반도주하듯 흑백 사진 속 밤 열차 타고, 서울로 꾸역꾸역 올라갔던 그 시절, 서울의 상징 큰 짐승처럼 뜨악했었던 대우빌딩, 꾸며 봤자 촌티 나는 서울역에서 어디론가 봄 팔러 가서 소식 없이 살았는지 명자 꽃 지천이라며 서울로 찾아간 대식이, 고향 까마귀 모른 체 외면하고, 하얀 분 찍고 웃음 팔고 봄 파는 술집에서 술 따르던 명자, 온갖 소문이 산골 안개처럼 떠돌았으니……

　올해도 어김없이 객줏집 촌색시, 붉은 치마 명자 꽃 만발하고, 한때 그 반란의 봄은 돌아와 지금쯤 어느 서울 하늘 아래, 봄 뻐꾸기처럼 숨어 사는지, 그맘때 심히 성장통을 앓던 나 역시 사춘기, 명자화 피는 따뜻한 봄날, 어딘가로 훌쩍 밀치며 떠나고 싶어, 기적 소리 우는 봄밤, 눈 감으면 코 베 간다며 억누르며 살았던 나쁜 서울, 그땐 왜 그리 서울이 무섭게도 그립던지

장다리 꽃 사이로 오는 봄

남치마 살랑대는 바다를 지나
노란 장다리 밭 너머 봄빛 춤춘다
파도처럼 일렁이는
보리밭 사이를 가면
자운영 곱게 핀 들바람의 물결
누가 저 붉은 황토 빛 가난을
연두 빛 풍경으로 바꿔 걸었을까
목메기 부르는 밭두렁 길을 따라
한 없이 걷고 싶은
내 고운님 사는 그 곳
남촌의 그리운 손짓 속으로
노란 나비의 날개를 달고
아무도 몰라라 장다리 꽃 사이
무지개 빛 들녘으로
노랗게 노랗게 지워지고 싶어라.

산도화 피던 봄날

산도화 무너미 무너미 넘어오던 산 고개
개암나무 두어 주 서 있는
청산에 사는 이는
그리움만 먹고 살기엔
외로움도 아픔이든지
남루한 가난도 죄이던가
비단 가리 깨어져 흩어진 마당
철 따라 피던 사랑도
훨훨 두고 떠났는지
매운 연기 오르던 화전민의 저녁
살다 살다 눈물짓던 산 초막 아래
난봉 난 봄이 찾아와
저 꽃 사태 진 봄 산들엔
달디 단 꿀물 흐르는 산들엔
지금쯤 벌 나비들
잉잉 차오르는 이 봄 다지기 전에
치맛자락 들고 나는 산꽃 방마다
샛노란 화수분을 뒤집어쓰고
꿀단지 모으느라 한창이겠다.

휴식

　한 여름이 와서 적상추가 치마 자락을 펼치는 손바닥
만 한 채마밭, 등 뒤로 밤낮 없이 지나는 경적 소리에 질
렸는지 늘 조용한 표정에 함석지붕을 얹은 그 집을 지나
면, 철로 위에 걸쳐진 공룡의 뒷다리 같은 육교는 오르
기 힘든 노역이다. 언제부터 불편한 민원이 들어왔는지
삼층 높이의 구름다리가 헐리고 쉽게 오르내릴 엘리베
이터 공사가 한창이다. 봄이 되자 포도나무 곁눈을 따주
던 그 집 남자, 초록넝쿨의 희망을 설계 중이다. 구멍 숭
숭 뚫린 앵글로 포도나무에 지줏대를 세워주며, 붉은 새
순들을 이리저리 걸쳐보는 봄빛 나투는 한낮, 헐떡거리
며 오르느라 한번 쳐다볼 틈도 없이 엎드려있던 그 집이
환한 엘리베이터 유리창 너머로, 사람들의 뭇시선을 한
몸에 받음, 그 잠깐이 여유를 위한 산승과 하강, 기분 좋
은 찰나의 주변을 포도넝쿨이 감아 오르며 송알송알 단
내 나는 올 여름 휴식 같은 이야기가 시원한 포도나무
그늘로 꾸며지고 있었다.

사슬의 집

폭설에 갇힌 듯 전화 한 통 걸려오지 않는
동짓달 밤의 주변은 고요하고
예쁜 뜨개옷들이 손님을 기다리는
낮 동안 손뜨개 가게에서
새로 사온 털실이라
온몸으로 굴러다니지도 않고
타래 안에서 솔솔 요술처럼 풀려나오는
긴긴 겨울밤을 털실과 함께 난다.

나는 어느 별의 사슬에 묶여 있다
한 땀 한 땀 걸어온 생일까
일곱 코의 사슬에서 시작된 날개옷은
외줄을 타듯 코바늘 끝에서
한 코 한 코 감아 뜨기로
하얀 밤을 메우고 비우며
누군가 화려하게 걸어간 길처럼
아른아른 사방 무늬들이 줄기를 뻗고
삶에 지치고 힘든 이 겨울을 치열하게 살아가는

내 사랑하는 피붙이들의 추운 어깨를 위하여
간간히 지루함에 기지개를 켜기도 하며
작업에 피곤함을 느낄 때도 있지만
따뜻한 이 에미의 위로를 간간이
어깨에 걸쳐보기도 하며
어머니가 풀어주시는 엉킨 실타래는
내 일상의 지원군처럼 든든하고
어서 까치까치 설날이 와서
꽃무늬 털옷에 초록 넝쿨이 돋아나는
금쪽같은 내 새끼들의 환한 웃음을 만나기 위해
꿈꾸는 털옷에 딸랑딸랑! 쌍방울을 달아 본다.

시래기의 변

추상같은 초겨울 아침
찬 서릿발 속에서도
두 눈 부릅뜨고
나는 시퍼렇게 살아서
버려지는 쓰레기는 되지 말자고
망나니 휘두르는
단칼에 몸뚱이는 잘려나가고
봉두난발 머리채 잡혀 끌려와
공중에 효수된 중 죄인처럼
세상에 원한도 없이
부드러운 단맛으로
꼬장꼬장 말라가지만
끝내 신성함을 고집하며
밥공기와 같은 심성으로
따뜻한 국밥 한 그릇
살아있는 자의 제단
밥상 위에 올라 앉아
물렀거라 공복으로 쓰라린
너희 주린 배를 채우다 가리라

호랑가시나무 꽃

가을꽃 같던 나뭇잎도 다 떨어져 가고

황량한 겨울 정원에 쓸쓸히 서면

너나 나나 떨치고 가는 일이 그리 바쁜지

헐렁해진 은행나무에 말벌 집만 덩그러니 남아

세상에 늦 장미처럼 나만 성성한가 하여

부끄럽게 집으로 돌아갈 즈음

다가오는 추위에도 비굴하지 않겠다고

참혹한 가시 면류관을 쓰고

잎사귀마다 앙칼진 발톱을 세우는

호랑가시나무 곁을 살짝 스칠 때였을까

아 어디서 묻어 오는 진한 그리움인지

싸락 눈꽃들이 하얗게 피었고

그윽하게 다가오는 달콤한 첫사랑

추억보다 짙은 감미로움을 전하는데

초겨울은 호랑 가시 꽃의 찬가로

11월은 눈꽃, 화려하게 빛나고

아 그대여 봄만이 아니라도

다시 봄처럼 온통 분내로 향긋함을

또 어찌 아프게 보내리오

끈끈이주걱에 대한 보고서

붉은 주걱에 돋은 촉수들이
끈적거리는 물방울 돌기를 세우며
허우적 빠져드는 흉흉한 저습지
저공의 불안한 날개들이
사는 동안 위태롭게 지나왔던
어느 사각지대였을까

세상의 귀퉁이에 꼭꼭 숨었다가
피는 등불이 이리 환한가
몰입처럼 빨려드는 두려움에
뜬금없이 포개오는 포옹은
강한 독소를 감싼 목숨 꽃
죽음의 덜미가 된 날개
끈끈한 점액질 분비되는 눈물은
파리지옥 같은 사랑을 부르고
끈질기게 기다려야 한다는 것
그 속수무책이 살아남는 비법인
끈끈한 혀들이 날름거리며

혼몽한 시간의 단맛을 끌어당기고
치명적인 유혹 끈끈이 주걱들이
불침번 같은 생을 견디며
밥주걱을 발끈 쳐들고 있다.

여름 향기

포구나무가 그늘을 드리우는
여름 향기 간이주점에서
오랜만에 여고시절 친구를 만났다
낮부터 시작해도 좋은
막걸리 잔을 부딪치기도 하며
돼지 갈비를 굽다가
친구 앞에 밀어 놓으며
절반의 분노와 애증
눈물 섞어 살아온 이야기들로
서로 동화되어가고
영영 가고 오지 않으면
우정이라는 산길이
쑥굴헝에 덮여 사라지는 길이 아니기를 ……
얼마나 친구라는 이름으로
외로운 곁을 지켜줄지 모르지만
오래도록 건강하기를 축복하며
강물처럼 다 내려놓고
그래 고운 노을빛처럼 잘 늙어가자고

마른 풀잎 같은 두 손을 잡으며
잔잔한 내 맘의 강물
단발머리 청춘을 추억하는
빛바랜 시간 속에 머물고 있었다.

인연

여름 장맛비가 쏟아지는
한 시간 반가량의 희뿌연 꿈속을
두 번의 버스를 갈아타며
청기와 철 대문이 반쯤 열려 있고
어린 능소화 줄기가
블록 담을 타고 오르는
어느 낯선 별에 와서
젊은 날 내 아기 웃음을 닮은 듯한
순한 잠에 빠져 있는
머리숱 검은 아기를 만난다

바삐 두고 간 아침 설거지를 끝내고
늘 나를 위해 떠먹기만 하다
아 하고 떠먹여 보는 숟가락질에
으깬 감자를 오물오물 받아먹던 입으로
까맣게 잊고 살던 더부리 까지
아가가 일러주는 귀여운 표정들을
꼭 깨물어 보면 떨떠름한 신맛이 돈다

세탁기가 장난감처럼 빙글빙글 도는

추녀 끝에 나 앉으면
한참 그 돌아가는 세상의 속내를
아가는 신기하게 들여다보다
와달비 지나가다 물 고인 마당에
물 껌뻑이가 툭툭 꺼지고
천만번의 갈림길에서
너 아비와 손을 놓을 뻔하다
비로소 할미와 손자로 만났을 인연
아가와 내가 이 여름 함께 듣는
빗소리 고운 화음들이 귀를 적시고

가끔 서럽도록 울음 퍼내는
그 고운 눈 속에
이슬처럼 맺히는 것이 엄마라는 이름일까
때때로 아가의 웃음이
저녁 나팔꽃처럼 활짝 피어나고
토닥토닥 잠재우는 빗소리 자장가
길어지는 골목을 돌아
나는 살금살금 까치발 들고
밤 고양이처럼 내 집으로 돌아온다.

독도는 말한다

아 고독한 동해의 변방에서
영토를 수호하는 초병처럼 서서
카랑카랑한 선열들의 말씀
비와 바람의 엄호 속에
나는 결코 의연할지언정
두렵지도 외롭지도 않았노라

천년 부동의 울분을 삭이던
내 뜨거운 분노는
더 이상 침묵할 수 없노라
누가 나의 존재를 모른다고 하였는가
태극을 가슴에 품은 나의 지조는
조선의 한 뿌리였음을……

빼앗긴 조국을 두고
누구를 위해 싸워야 했는지
처절하게 죽어가던 전쟁터
꽃다운 청춘과 정조를 짓밟고도

그들은 뉘우침의 사죄와
일말의 성찰도 없는가
국토 사수의 결기를 휘날리는
독도 수비대 병사들을 위로하며
무욕의 풍경으로 남은 독도는 말 한다
거룩한 조국의 평화와 자유 앞에
더러운 욕망, 왜곡된 그대들의 역사는
스스로 꾸겨버릴 한 장 백지만 못할 것이다.

유월의 악사

때죽꽃 하얗게 떨어져 누운
손풍금 같은 오월 층층계를 밟아 오르면
산 허리춤 따낸 밥보자기 만한
모래알 구르는 숲 운동장이 기다리고
푸름에 갇혀버린 풀물 짙은 초록이
출렁출렁 산길 아래로 넘어나 간다

막막한 세상의 변두리에서
고뇌에 갇혀 외로웠을 시인은
때로는 화려하게 장식하고 싶은
봄꽃들 어울린 향기로
쿵작쿵작 풍악을 울리며
거리의 악사를 데려오고 싶었을까
한줄기 뻗어 나가는 싱그러운 물줄기
뜨거운 입김 색소폰 선율에
숨이 차도록 넘지 못하는
한스러운 목포의 눈물 고개

흙 피리 청아한 명상의 고원

콘도르 날으는 잉카의 노래

검은 영혼을 부르는 시인의 피리 소리는

무명의 능선을 넘고 넘어

소매 끝에 풀어놓은 춤사위 고운

환한 그리움으로 차오르고

사는 동안 글 쓰는 애인으로

오래 함께 하기를 언약하고

그대 쓸쓸한 등 떠밀어 보내며

내 외로운 지경으로

순명처럼 순순하게 돌아오던 길 위에

도열한 유월의 나무들 그 손뼉처럼

늘 무성하면 좋겠다

그대들이여.

금빛 술 빚는 고가에서

옛 기녀, 꽃단장 트래머리에

녹의홍상 자목련이

임을 기다리는지

담장 밖으로 수줍게 고개를 내밀고

홍자색 박태기 꽃 고슬고슬 술 꼬드밥

꽃 밥풀을 버무리는 봄도 좋은

경주 최씨 명가 고택

대청마루에 볕살 쪼이며

지난날 누룩 빚고 술밥 쪄내

향기로 흠흠하던 술의 샘물

맑은 청주를 걸러내던

구순의 교동 배씨 할머니

열두 누대에 걸쳐 만석꾼 최 부자네

조선 숙종 때 음덕으로

임금님의 수라를 짓던 사옹원 관리

최 참봉 집으로 시집 와서

새색시 고운 날들도 다 가고

귀한 비주를 찾아

그 많은 술청 들던 손 객 앞에
대갓집 마님의 체통도 잊으셨는지
창호지 문살 단아한 고대광실
기와집 기둥에 쓸쓸히 기대어
대오리 용수에 술 괴이듯
옛 생각에 젖어 계신다

금빛 술을 빚어내던 법주의 계보
긴 전통을 지켜온 강물 같은 세월
그 감미로움에 잔을 놓지 못하던
옛 선비들의 취기 어린 풍류는
절조로운 시와 노래로 걸러지고
청주 미주 순하고 부드럽고 깊은
맛을 푸던 술독들 다 내려놓으며
푸른 소나무 분하나 축담 위에 올려놓고
즐겨 보며 사는 재미로
연분홍 꽃 잔듸 번지는 봄
인생도 발효 숙성된 시간 속에 앉아 계신다.

제 4 부

꼴두장군

양념 할 마늘 보니를 벗겨가며
지루함의 껍질도 다 까놓고
하루 낮밤을 소금물에 익수시켜
왕소금에 후줄근히 잘 절여진
김장 배추를 씻어야 하는 오늘이다

나 아직 안 죽었어
목울대가 뻣뻣한 꼴두 장군
씻기 전 배추 꼴두를 벤다면
배춧잎 대열이 다 흩어진다
배추에 꼴두가 없다면
누가 그 많은 배춧잎들
질서 정연하게 뿌리 아래 모아 줄까
어디서든 무명의 꼴두 장군 같이
어지러운 세상의 꼴들을
호령하듯 가지런히 잡아주다
맛있는 김치의 오늘이 있기까지
서로 공치사들을 나누며 둘러앉은 식탁
거북하게 먹기도 어렵다며
단칼에 목이 짤려 나가 쓸모없어진
꼴두 장군 같은 사람들이 꼭 있다.

와인 터널

두 갈래의 철로가 남아있어
기차가 기적을 데리고
오래전 그 곳을 떠났음을 알려주듯
천둥 소나기를 피해 뛰어든 그 곳엔
서늘한 기운이 훅하고 끼쳤다

빈 터널 가득 기분 좋은 술렁임
와인향 달콤한 시간들이
챙하고 마주칠 축배의 잔 가득 찰랑이고
늦도록 불꽃을 흔드는 것은
사랑을 위하여~ 또 위하여 다짐하는 것은
영원불변의 그 위대함을
스스로 축복하기 위함이다

한 때, 기차를 삼키던 터널 속은
늘 고백하려는 뜨거운 몸
숨기고 싶은 그녀의 입구였을까
혀끝에 감미로운 애인의 체온을 위해

거꾸로 박혀있는 불편한 술병들에

완성되는 숙성과 발효

저온실의 그윽한 은유는

질 높은 황홀경의 취기를 부르며

출렁이는 별빛들

더듬더듬 점자처럼 읽으며

어딘가 쓸쓸하게 묶여있어

넝쿨이 엉켜있는 동굴 밖으로

뽀얀 나무의 뿌리가 입구를 막아선다.

내 마음의 여로

꽃금분 파르르 날리는 봄날
참빗 가르마 빗어 넘긴
청 보리밭 길을 걸어가면
노랑 멧새들이 움켜쥐었다
일순 놓아버린 꽃잎들 층층
아침 이슬이 좌르르 좌르르
보석처럼 쏟아져 내리고
깝죽거리던 봄의 꼬리사이

방금 떨어져 나온
하얀 구름 깃털 하나
떨잠 머리에 꽂아보면
따뜻한 체온이 전해져오는
아~ 봄 좋은 떨림
보리밭 이랑을 잔잔히 구르는
연둣빛 바람의 은파

점묘하는 겨울 들녘

얼음 박힌 벼이삭 그루터기를 밟으며
빈사의 겨울 들녘 저 홀로 걷노라면
혹한에 숨죽여가며 보리 싹들이 자라고
길섶에 애잔하게 흔들리는 강아지풀
북풍도 떨다 새는 얼음 꽃 검불 속에서
참혹한 계절을 지나 마른 홀씨로 섰는데
일순간 무채색의 하늘을 박차고
점점이 깃을 치는 한 무리 가창오리 떼들
한 폭의 점묘화 속에 한 점으로 박혀도 보리

구봉산을 오르며

11월 초입, 속세를 떠나고 떠나서
구봉산(속리산)을 갔었네
찬란한 계절 열락의 잎 다 떨구고
초록은 경건한 불길처럼 사라져
산의 품이 헐렁해진 산정에 오르니
벼랑의 난간에 들어 올린 절집 한 채 아슬하다
깎아지른 준봉마다 피어난
천년 바위 꽃을 관람하는 사람들……
시인과 문장이 무관하지 않은
문필의 문장대 작은 웅덩이엔
벌써 영하의 얼음이 얼고
추위와 맞서는 견고한 극기
송곳 같은 고드름이 자라
얼부푼 응달을 디디면
서릿발처럼 서는 기억들이 버석 밟힌다
껄쭉한 소리꾼 완창 한 대목
화려한 적벽의 가을도 가고
단호한 표정의 겨울나무들

잿빛 가사를 두른 능선을 지나
신선대 입석대엔 넓은 돌방석이 깔리고
면벽의 동안거에 든 선승의 고요한 묵언
카랑카랑 매서운 북풍이 죽비처럼
삼라만상의 어깨를 내려친다.

비빔밥을 먹다가

열일곱 수줍은 목련 꽃망울
젖가슴이 부풀다 부풀다
아릿해 지는 통증의 오후
입춘도 멀지 않았는지
이른 봄비 내린 바깥 풍경이
살며시 껴안아 보고 싶도록
포근하기 그지 없다

향기로운 봄나물을 다듬어
갖은 양념에 조물조물 무치다
색색이 질그릇에 돌려 담으니
산해진미가 이렇게 부러울까
고소한 깨소금 맛까지 솔솔 뿌려가며
식감 좋은 맛깔을 살려보는
그 살뜰한 손맛에 짤박해진 국물

늘 누군가에게 따뜻한
한 그릇 밥이 되고 싶은

밥통 같은 생각은
언제나 바보처럼 즐겁다
넓은 양푼이에 나물을 넣고
참기름을 둘러가며 쓱쓱 비비다보니
하나로 어울려가는 비빔밥
오늘처럼 환한 보름달 아래
성장기의 긴 긴 겨울밤
양푼이가에 둘러 앉아 나눠먹던
지난 옛 일들은 아득하고
가끔은 비빔밥처럼 한데 섞여
목 메이게 하는 그리운 날들도 있어
저녁나절은 참으로 쓸쓸했다.

공갈을 치다

한겨울 맹추위에 생각도 웅크린
바쁜 시간을 내달리며
치열한 그 접전의 공간에 일하러 간다
점심 때까지 황소개구리 울음 우는
공복을 어떻게 견뎌낼까 하여
마땅한 요기꺼리라도 있나 싶어
얼룩말이 힝힝 거리는 횡단보도를 건너
크리스마스트리가 섰는 가까운 마트로 갔다

자줏빛 목털이 예쁜 앙고라 토끼
여우 밍크들이 털을 고르며 노는
여성옷 가게를 힐끔거리며 지나다
큰 입을 꾹 다물고 있는 악어피 가방 집
굶주린 악어 떼들이 몰려들 것 같은 착각
먼 세랭게티 그 늪지를 피해 왔다

워워 물소들이 긴 부츠를 신고 섰는
구두 가게에서 내가 반 평도 살 수 없는
평화로운 야생의 초원이 그리웠다
매장 안을 한참 두리번거리다

나는 올록볼록 엠보싱한 빵집 앞에 섰다
노란 카스테라, 단팥빵에 팥소가 들었거나
감미로운 하얀 슈크림에 성탄 케익까지
빵에도 선택의 여지가 많았다

저만치 좌판대 위에 너털한 소보루 빵
소피아 로렌의 섹쉬한 입술 같다
여성 판매원의 설명으론
쫄깃하고 기름기가 없는
가슴이 볼록한 공갈빵을 집었다
쭉쭉 빵빵해야 설득력 있게 먹히는 세상
가슴이 빈약한 여자들이
늘상 고민 고민하다
브라컵의 볼륨을 높이며
헛바람을 넣고 다니는지 남자들은 잘 모른다
손톱으로 조금만 찔러도
피식 바람이 빠질 것 같은 공갈 빵
오늘은 저 공갈빵처럼 빵빵한 가슴 내밀며
때론 공갈이라도 치고 싶다.

모래알 여자

어떤 날은 푸른 바다에 나가
물무늬 영롱한 울음
조가비 촤르르 촤르르 쓸려가는
해변을 따라 걷다
모래알 가슴을 가진 여자를 만납니다

가느다란 목선을 타고
석양빛에 흘러내리는 금빛 머릿결을 쓸며
소라고둥의 귀로 듣는
장콕토의 파도 소리
그리움 울컥한 빈 가슴을 토닥여주면
조개껍질 검은 입술로
술 향기 목 메인 노래를 하는 여자

찰랑이는 해안선의 굴곡
그 허리를 파도가 핥으면
슬픈 지느러미가 돋는 여자
지나는 바람에 무너지고

또 쉽게 허물어지다
흔적 없이 사라질 모래알 여자를 두고
뒤돌아 보며 돌아오던 길
저녁 바다엔 숱 많은 바람은 일고
어느 세월의 귀퉁이 재구성 할 수 없는
사랑의 고통을 앓았던
내 가슴도 풀썩 허물어집니다.

변덕스러운 여자

변덕쟁이 주근깨 여자가 있었지요
그 여자는 어찌나 변덕을 잘 부리는지
하루에도 몇 번씩
감정이 온몸에 드러나는
카멜레온이였지요

어떤 날엔 요리조리 주물러
쫀득하게 탄력 붙은 세상을
뚝뚝 뜯어 넣고 수제비를 끓이는데
별거 아니다 싶다가도
그 맛이 끝내 주구요

금방 이랬다 하는 날은
저랬다 하고 싶어 하구요
저랬다 뒤집고 싶은 날은
이랬다 하고 담긴
파전 접시를 엎어 버렸지요

엘가의 리듬은
어찌나 변죽을 잘 울리던지

흔히 말하는 고루하다거나
질리게 식상하진 않거든요

왠만한 남자들은
아무도 비위를 못 맞추었지요
오죽하면 붙박이
장롱 속에 조용히 걸어두고
가끔씩 보고 싶을 때 마다
외출용 가름 옷처럼
꺼내 입고 싶다고 했을까요

그런데 그 여자는
여름 음식처럼 쉬거나
구태하게 물리지 않았어요
울다가 웃다가 춤추거던요

변덕쟁이라고 다 나쁜 건 아니지요
이유도 없이 그대가 우울한 날
이런 애인이 있다면 적어도
그대 인생이 고리타분하지 않아요.

장미꽃 사랑

가꾸고 싶은 사랑이 있다면
넝쿨 장미 오월로 가서
오선지 울타리 그대 집집마다
욕망의 꽃 몸살로 감아 오르겠네
한 동안 가시 돋친 말들로
나를 길들이다가
꽃 분내 온통 젖기도 하며
타인처럼 외로운 어깨너머
장미들이 요염할 때
트럼펫을 부는 햇살
불 꽃 같은 열정을 채질하는
싱그러운 절정의 주소지
그대 불붙은 마을로 가서
가시의 상처들로 생이 처절하다가
한 동안 연모의 슬픔
허물어버린 담장마다
사랑의 기쁨만을 키우겠네.

황새여울 동강

　어린 임금이 유배된 한 많은 영월 땅, 푸른 물길을 따라 정선 아우라지엔 늦은 겨울이 하얀 백설 이불 속에 누워있다. 어름치 물고기 비늘이 반짝이는 비단 폭 같아 어라연이라 했던가, 거슬리지 못 할 세월의 물살처럼 뒤로 넘어지는 거친 물길 된 꼬까리, 황새 여울목을 돌아나가며 미인송 뗏배 타고 서울이라 마포나루로 소금 팔러 떠난 님의 구성진 뱃노래 가락은 산돌아 물돌아 열두 구비 돌아들며 귓가에 아련하고, 흑백의 사진틀 속에 남아 있는 봄 볕 따스한 만지산 나루터 객주 집, 전산옥에서 술상 차리던 아낙들의 매운 눈물 찍어내던 무명 치마 자락에, 설움 많던 그 옛날 정두고 간 주막집 마다 아라리 아라리요 바람처럼 떠돌던 님 기다리며 뗏배 띄우며 살던 일이 지난 세월 한 자락 모질게 끊어낸 전설로 남아 있었다.

직녀의 눈물

소, 당나귀 딛고 간
발자죽 물도 약물이라는
칠월이라 칠석날엔
찬물에 목욕하고 빗질한 뒤
까막까치가 놓아주는
둥근 오작교 건너
견우직녀 합환하는 밤이거든
내 그리운 이를 만나고 싶다

삼백예순 여섯 해 단 하루
그 짧은 만남 긴 이별, 글썽이는 별빛에
초과류 한 상 차려놓고
일곱 귀 바늘 꿰어
임의 여벌옷을 지으며
별 제사를 지내던 여인네들
능사실 은사실 바디집에 걸어놓고
길쌈과 바느질이 능하도록
하늘에 걸교의 솜씨를 구하며

날밤을 세며 소원하던 아침
푸른 은하수 사이에 두고
밤비 내리던 슬픈 이별
직녀의 얼룩진 눈물 이었나
짜다만 베틀에 거미줄 눈부신
비단 필 한 조각에
주르륵 꿰어진 이슬들이
빈 공중에 걸려있다.

바람의 언덕

거제 외포리 바다를 지나
바람 바람 외로운 공중에서
이국의 바람개비를 돌리는
바람의 언덕을 오르면
아득해지는 세상의 변두리를 딛고
누운 풀잎들은
장엄한 생명의 노래를 한다

두고 간 바람벽마다
비장했던 사랑의 맹세들은
한낱 낙서처럼 어지럽고
동백나무 숲 벤취에서
바람이 휘몰아가는 방향으로
찢어진 그리움은 깃발처럼 펄럭인다

이 계절도 다가면
갈뫼 빛 여백의 고갯마루로
징징징 넘어오던 바람의 울음

우우 낙엽처럼 내몰리다
한줄기 휘발하는 기류를 타고
애절한 눈빛으로 다가오던 사랑이
솟아오르던 높새 바람 그 소용돌이에
까무룩히 쓸려 버림도 아프다.

초혼의 꽃잎

한 철 꽃 지자
허망한 봄이 간다
청대 같이 젊어 죽은
네 불쌍한 넋인가
절명의 끝에서
목 놓아 부르던 이름
하얀 홑치마 꽃잎처럼 던지며
복복복 외치던 지붕 위를
마지막 혼불이 되어 날아오르다
춤추며 날아오르다
흐느끼며 떠돌던 이승의 봄 날
눈물 꽃 흩뿌리던
설움 깊은 이 땅
뜨거운 숨결로 떠다니는
초혼의 꽃잎이여.

우주로 퍼져가는 정한情恨의 물결

김경복(문학평론가, 경남대 교수)

사랑의 슬픔, 혹은 먼 곳에서 오는 아픔

조선영 시인의 시는 읽을수록 마음이 처연해지고 숙연해진다. 눈물로 켜켜이 쌓인 마음의 재를 씻어내 맑아지는 형상이라고나 할까. 시를 붙잡고 산등성이를 바라보며 글썽이며, 구름을 향해 눈을 깜박여 마음의 그늘을 달래야 하는 것이다. 그러면서 한 시가 하루 같고, 하루가 한 달 같고, 한 달이 한 해 같으며, 한 해가 아, 한 백년 같아, 이 서럽고 무상한 기분을 어찌 말로 다 설명할 수가 있을 것인가 하는 생각에 마침내 이르게 된다.

조선영 시인의 시를 들고 있는 석 달 내내 나의 마음은 편치 않았다. 시가 내지르는 소리에 내 마음의 공명통은 너무 자주 울리고 크게 울려 어쩔 줄 몰라 하늘을 보고

땅을 보면서 하루가 길기도 하구나 하며 덧없어 했다. 시의 위대함은 사람을 저 내면에서부터 흔들어 가만히 있지 못하게 하는 것, 조시인의 시는 충분히 나의 심금을 울려 엇박자의 발길을 내딛도록 했던 것이다.

그렇다면 시는 나에게 무엇인가? 바로 존재의 울림이라 말해야 할 것 같다. 이토록 내밀하고도 깊숙이 내 마음 파고들어 흔들어주는 것이 시 말고 또 무엇이 있을 것인가? 있다면 선율을 타고 있는 노래 정도가 아닐까 생각되는데, 그때의 노래도 시와 같은 것임을 고려할 때 시의 본질적 특성은 존재의 접신을 통한 울림에 그 바탕이 있지 않을까 하는 것이다.

이 정의에 딱 부합하는 것이 바로 조선영 시인의 시다. 그녀의 시는 보는 사람으로 하여금 쉽게, 아니 깊게 접신되게 하여 온몸과 마음을 울리게 하는 기이한 힘을 갖고 있다. 그 힘의 근원은 그녀의 생애 자체에서 우러나는 아픔과 비명일 터인데, 그것의 상당 부분은 독자에게 궁금증을 불러일으키는 요소가 되지만 그 진체를 알기는 어렵다. 그렇지만 그녀가 그리고 있는 시적 풍경에 조금의 관심을 갖고 거닐어보면 우리는 그녀의 시가 대부분 아픈, 아니 슬픈 어조로 이별을 말하고 있음을 볼 수 있다. 그 아픈 목소리에 우선 동조하여 우리 마음도 애잔해지는 상태를 맞이하게 됨을 놀란 눈으로 보게 되는 것이다.

그 풍경 속에서 누가 감히 쉽게 발을 놀릴 수 있을까. 둔중한 통증을 느끼며 나아가게 될 터인데, 그 통증을 주는 작품들 앞에서 우리는 꽤 많은 생각으로 머뭇거릴

지도 모르겠다. 그 통점을 가장 먼저 보여주는 시가 다음 작품이 되지 않을까.

바늘로 나를 긁어주세요. 증폭된 회상의 기억, 턴테이블 위의 봄날엔 어지럼증 같은 사랑 노래가 흘러나와요. 심금을 울리던 저음들이 우울의 저항에 걸렸는지 매끄럽게 넘어가질 않네요. 늘었다 줄었다 후렴도 아닌 반복되는 노랫말 따위는 식상해요. 잠깐 이별 이전으로 올려주셔요. 그해 꽃피던 청춘의 봄날 이후, 4배속으로 돌아가는 세상, 역주행 하던 에스컬레이트에서 음표들이 와르르 비명처럼 넘어져요. 아아 숨고르기를 하세요. 가끔씩 향수에 젖고 싶다면 추억 속 둘레길, 빗물 흐느끼던 음반의 홈 솔을 따라 가보세요. 오래전 저장된 음파에 잔잔한 파문이 번지네요. 늘 재생을 꿈꾸며 침묵하던 동심원 그 주변을 맴돌다 짧았던 인연의 한 소절이 아프게 되살아나요. 미련하게 망설이던 시간들에 지금쯤 결이 삭는 지요. 슬프거나 외로운 노래들은 심한 난청처럼 그 먼 곳에서, 조용히 꽂혀 지내나요.
　　　　　　　　　　　　-「턴테이블 위의 봄날」 전문

이 시가 갖는 슬픔을 말로 다 설명할 수 있을까? 우선 드는 생각이 이것이다. 온갖 사연이 집약되고 압축되어 암시되어 있다는 느낌을 받지만 그 내용을 정확히 알 수는 없고, 표면적으로 젊은 날 헤어진 사랑을 아파하고 있구나 하는 정도로 그 정보는 파악된다. 시인의 내면에 들어가 보지 않고서는 이 시가 주는 사연을 알 수 없으므로 보는 독자 자신이 가졌던 경험과 연관 지어 이 시를 해석해 볼 수밖에 없을 것인데, 그렇게 해석하는 것이 과연 이 시가 갖는 슬픔의 깊이와 무게에 합당한 해석이 되겠나 하는 생각이 드는 것이다. 그렇지만 해석과 감상은 독자의 몫, 자신이 느꼈음직한 인생 경험으로 이 시적 화자가 말하고 있는 사연과 감정 상태를 파악해볼 수밖에 없다.

그렇게 인정하고 살펴보았을 때 시적 화자는 "턴테이블 위의 봄날엔 어지럼증 같은 사랑", "그해 꽃피던 청춘의 봄날"의 시구들로 볼 때 젊은 시절 사랑을 했음을 알 수 있다. 그러나 그 사랑은 "이별 이전", "짧았던 인연"이라는 말로 볼 때 얼마 가지 못하고 깨어지고 헤어진 상태가 되었다. 그렇지만 시적 화자는 "증폭된 회상의 기억", "잠깐 이별 이전으로 올려주셔요.", "늘 재생을 꿈꾸며" 등으로 볼 때 그 사랑을 잊지 못하고 아파하고 있다. 두 사람이 원만하게 합의한 이별이라면 이러한 감정으로 그 옛날을 노래하지 않을 것이다. 그런 점에서 이 시는 원치 않은 상태에서 갑작스레 헤어진 임에 대한 지극한 그리움을 현재까지도 잊지 못하고 절절하게 노래하고 있는 것으로 보인다. 문제는 그 그리움이 얼마나 깊은지 "바늘로 나를 긁어주세요"라는 표현에서 보듯 자학적인 감정마저 지닐 정도로 그 떠나간 임을 잊지 못하고 있다는 사실이다. 더욱 주목되는 것은 그 떠나간 임이 있을 법한 곳으로 그려지는 "심한 난청처럼 그 먼 곳에서, 조용히 꽂혀 지내나요."라는 구절이 천리만리 떨어진 거리감을 주면서 애절함을 더욱 부추기는 듯한 느낌을 주고 있다는 점이다. 이 '먼 곳'이 갖는 단절감과 거리감은 우리 전통 시가에서 보이는 극진한 외로움과 그리움의 느낌을 상기시켜준다.

그런 점에서 이 시는 사랑의 상실과 그 상실 이후의 삶이 갖는 슬픔을 곡진하게 표현하고 있다. 사랑을 잃은 연인이 부르는 애절한 연가라 할 만한 것이다. 처연과 상심이 깊이 배여들어 있어 보는 사람으로 하여금 눈시울을 적시지 않을 수 없게 한다. 이러한 시를 우리는 정한(情恨)의 시라 부를 수 있을 것이다. 누구나 세상을 살아가면서 이별을 겪게 되지만 진정으로 사랑하는 사람과 헤어지게 되어 오래도록 그 사람을 그리워하며 혼자 살아가게 된다면 이와 같은 시를 쓰게 되지 않을까?

생각해보면 모든 사람들이 이렇게 눈물로 떠난 사람을 그리워하고 있지만은 않을 것이라는 생각도 문득 든다. 오늘의 세태로 볼 때 이렇게 지극하고 진정성 있게 한 사람을 잊지 않고 살아가는 것이 힘들기 때문이다. 그 점에서 이 시의 시적 화자가 떠난 한 사람을 죽도록 잊지 않고 가슴에 품고 사는 것은 이 시대의 사람 같지 않다는 기이한 느낌을 준다. 어쩌면 한 번 맺은 인연을 죽을 때까지 지니고 가겠다는 결의와 같은 자세가 아닐까. 사랑의 정염이 매운 결기로도 느껴지는 것이다. 그것은 바로 한의 특성이다. 이러한 시적 화자를 만들어내는 조선영 시인은 어느 시대를 살아가는 사람일까 문득 궁금해지는 것은 나만의 생각이 아닐 것이다.

　그 점에서 사랑과 이별을 바라보는 시인의 시적 태도는 조금 남다르다고 말해야할 것 같다. 다음 시도 여전히 이별의 슬픔을 말하면서 그 사랑의 지극함을 말하고 있다.

가슴 허전한 빈 공터에
때로는 환하리라고
목련 한 주를 키웁니다
누군가 부르지 않아도
봄날이면 모여들 테지요
그럼 그 속에 어울려 귀족처럼 오세요
온통 꽃들은 내 것처럼 향기롭고
사랑의 꽃 탑을 쌓는 밤
황홀한 꿈 한 자락
만남과 이별, 그 간극은 참으로 짧고
하얀 꽃신 벗어 두고
홀연히 떠난 물가
봄은 시들어 오래도록 지루할까
그대 염려하지 않아도
봄비에 낙화로 진자리
뚝뚝 꽃잎 비워 낸 뜨거운 상처 좌
그 쓰라린 비애를 딛고
내 그리움 푸르게 푸르게
키워내고 있을 테지요.

-「목련화 지는 봄날」 전문

　이별과 상실의 정서를 목련꽃이 지는 것으로 표현하고 있다. 임에 대한 그리움을 목련 꽃의 피고 짐에 의탁해

드러내고 있는 점은 매우 참신한 발상이자, 그 목련꽃이 피었다 지는 일련의 과정을 임과의 만남과 이별의 상황으로 환치시키고 있는 것은 탁월한 표현이다. 가슴 속에 맺힌 한을 이렇게 적절하고 참신하게 노래하고 있다는 점에서 정한의 시로 참으로 아름다운 작품이다.

더욱이 이 시는 가슴 속 깊이 여전히 "가슴 허전한 빈 공터", "황홀한 꿈 한 자락", "쓰라린 비애" 등의 깊은 그리움과 아픔을 담고 있지만, 앞의 시와 다르게 그 아픔에 머물지 않고 "그 쓰라린 비애를 딛고/ 내 그리움 푸르게 푸르게/ 키워내고 있을 테지요"라고 삶에 대한 긍정적이고도 강렬한 열정을 드러내고 있다. 이것은 슬픔이 지극해지고 난 뒤 슬픔의 힘으로 세상을 새롭게 살아가는 힘을 얻게 되었음을 보여주는 내용이다. 즉 전통 시가에서 극진한 슬픔을 이야기하는 '애이불비(哀而不悲)'의 경지를 보여준다고나 할까. 슬프되 너무 지나친 슬픔에 빠지지 않는 것. 우리는 이 경지에 쉽게 가닿지는 못한다. 슬픔이 극에 달해 그 슬픔의 힘으로 다시 살 힘을 얻게 되는 것은 도무지 경험하기도 쉽지 않거니와 상상하기도 어렵기 때문이다. 그렇지만 조시인의 위 시는 바로 그 점을 보여주고 있다. 또 조시인은 이러한 경지를 직접 시로 표현하고 있기도 하다. 가령 "쓸쓸하여 휑한 자리/ 내 슬픔의 흉터였을까//〈중략〉//한 동안 떠난 것들이 그리울 즈음/ 그래 아프게 털려버린/ 볼 품 없는 깡마른 뒷꼭지/ 그 결별의 힘으로 다시 가는 거다/ 사람아"(「꼭지에 대한 단상」)라고 했을 때 "결별의 힘으로 다시 가는 거"는 바로 이 이 경우에 해당한다. 한이 깊어 생에 대한 새로운 성찰을 하게 되었다는 의미로 읽힌다. 조시인의 내면에 있을 그 한의 정체와 깊이가 새삼 궁금함을 넘어 두렵기조차 하다.

그런 사랑의 정한으로 인해 그녀의 시는 대체로 슬픔과 우울의 정서를 밑그림으로 깔고 있다. 다음과 같은 시들이 그런 경우인데, 예를 들어 "흔적 없이 사라질 모래알 여자를 두고/ 뒤돌아 보며 돌아오던 길/ 저녁 바다엔 숱 많은 바람은 일고/ 어느 세월의 귀퉁이 재구성 할 수 없는/ 사랑의 고통을 앓았던/ 내 가슴도 풀썩 허물어집니다."의 「모래알 여자」도, "그윽하게 다가오는 달콤한 첫사랑/ 추억보다 짙은 감미로움을 전하는데/ 초겨울은 호랑 가시 꽃의 찬가로/ 11월은 눈꽃으로 화려하게 빛나고/ 아 그대여 봄만이 아니라도/ 다시 봄처럼 온통 분내로 향긋함을/ 또 어찌 아프게 보내리오"의 「호랑가시나무 꽃」도 사랑을 잃은 고통을 표현하면서 사랑에 대한 회상과 그 회상으로 느끼는 기쁨을 노래하고 있다. 시집 전반적인 톤이 바로 이와 같은 형식과 내용의 전개를 보인다고 말할 수 있다.

이 시점에서 그렇다면 시인은 왜 임과 헤어졌으며, 헤어진 후 왜 혼자 살고 있는지 하는 의문을 우리는 품어 볼 수 있다. 시적 정보로 그 내용을 알았을 때 시는 좀 더 깊이 우리의 가슴 속으로 내면화되어 그 존재의 울림을 크게 낼 것이다. 그 의문과 호기심으로 그녀의 시를 읽어나갔을 때 다음 시를 만나 억 하고 우리는 비명을 지르지 않을 수 없게 된다. 나는 이 시를 읽고 며칠을 복

잡한 심사와 우울한 마음에 해지는 줄 몰랐음을 고백해
야겠다. 시가 이렇게 나의 가슴을 파고들어 뒤흔들 줄
예전에 몰랐던 것이다. 그 시는 이렇다.

당신께서 그 먼 나라에서 오시는 날
고기에 떡에 오색 나물을 무치고
여러가지 전도 준비하고
쇠고기에 바지락 탕도 끓이고
늘 내 머리 맡에서
실어증 앓는 사람처럼
물끄러미 내려다보기만 하는 당신을
엄마 됴아! 아빠 됴아 !
겨우 말문 띠는 귀여운 손녀 딸에게
예린아!
할비다! 할비! 라고 소개를 했더니
손녀는 둘째손가락으로
당신을 가르키며 한사코
아이씨! 아이씨!라고 부른다

식구들 오랫만에 모여
웃음꽃이 피었지
참말로 울다가도 웃을 일이다
당신의 짧은 생 서른 네 해
청춘에 꽃지던 봄날 그대로
주름살 하나 없이 당신은 청춘인데
그리움에 눈시울 뜨거워
나는 이렇게 홀로 늙어
손녀딸이 할미! 할미! 라는데

그 먼 곳은
얼마나 좋은 세상인지
세월가도 늙지 않은 당신
젊은 아이씨! 아이씨! 라서 ㅎㅎ참말 좋겠다.
-「당신은 영원한 아저씨」 전문

　한 편의 시가 한 사람의 생애와 시적 세계를 다 말해주는 경우도 있다. 이 시가 바로 조선영 시인의 생애와 그녀가 그리고 있는 시적 세계를 다 알 수 있게 해주는 단서와 같은 작품이 아닐까. 시적 정보는 죽은 남편의 제삿날 손녀의 "아이씨!"라는 호칭에서 웃음과 울음이 동시에 발생하는 아이러닉한 상황의 제시에 있다. 손녀에게 화자는 할머니인데 사진 속의 할아버지는 젊은 날 죽은 그 모습이므로 '아저씨'로 호명됨으로써 시적 분위기는 그 간 덧없는 세월이 화자에게 흘러갔음을 느끼게 하면서 시적 화자가 오직 변치 않은 사랑 하나로 생애를 지탱해 왔음도 알게 한다. 사랑의 깊이와 생의 정한이 손녀의 천진스럽고도 우스꽝스런 말과 대비되면서 더욱 심화되는 양상을 띤다. 판소리를 비롯해 전통 시가에 한이 깊을수록 오히려 희화화해 말로 설명할 수 없는 슬픔의 깊이를 반추케 하는데, 조선영의 이 시도 "세월가도 늙지 않은 당신/ 젊은 아이씨! 아이씨! 라서 ㅎㅎ참말 좋겠다"라고 웃음을 유발함으로써 내면의 지극한 아픔을 오히려 통렬하게 느끼게 하고 있다. 희화화를 통한 대비와 감춤이 깊은 한의 고통을 더욱 불러냄으로써 시적 효과를 얻고 있다.

무엇보다 이 시는 조선영이 여러 시에서 그리고 있는 사랑의 상실과 슬픔이 어디에서 연유하는지를 알게 해준다. 사랑을 통해 부부로 인연 맺었지만 남편은 "짧은 생 서른 네 해"로 죽고 남은 자식을 건사하며 시적 화자는 살아왔음을 밝히고 있다. 그러면서 당신에 대한 마음과 현재 있는 곳을 "그리움에 눈시울 뜨거워/ 나는 이렇게 홀로 늙어", "그 먼 곳은/ 얼마나 좋은 세상인지/ 세월가도 늙지 않은 당신"으로 표현하면서 언제나 당신에 대한 그리움을 놓지 않았음을 드러내준다. 즉 죽음으로 헤어진 임이 먼 곳에서 늘 옛날 그 모습대로 살고 있기에 나 또한 돌아갈 날을 기다리며 살아간다는 뜻을 함축하고 있는 것이다. 그것은 나의 아픔이 '그 먼 곳'의 존재로 인한 아픔이란 의미를 지니고 있으므로, 이 시가 주는 아픔은 '먼 곳에서 오는 아픔'이란 의미를 띤다. 다시 말해 이것은 세세년년歲歲年年, 그리고 우주를 돌고 돌아 내 사랑은 끝없이 이어질 것이란 사랑의 확신과 다짐을 의미하고 있는 것이다.

혼의 달램과 한의 치유

그렇게 본다면 시적 화자의 아픔은 현세적 상태를 초월한다. 그녀가 그리고 있는 많은 사랑의 상실과 슬픔이 또 다른 모습으로 재생과 재현의 형태로 돌출되어 오는 것도 이런 마음의 상태와 관련되어 있다. 때문에 그녀 시에 혼을 부르고, 혼에 공명하는 태도는 전혀 이상한

일이 아니다. 가령 다음과 같은 시편들에서 보이는 내용
은 사랑의 성취를 육체적 관계에서 그치는 것이 아니라
초월적이고도 영적인 상태에서 이루는 것이라 믿는 마
음에서 본다면 너무나 자연스러운 사랑의 행위이자 표
현이다.

한 철 꽃 지자
허망한 봄이 간다
청대 같이 젊어 죽은
네 불쌍한 넋인가
절명의 끝에서
목 놓아 부르던 이름
하얀 홑치마 꽃잎처럼 던지며
복복복 외치던 지붕 위를
마지막 혼불이 되어 날아오르다
춤추며 날아오르다
흐느끼며 떠돌던 이승의 봄 날
눈물 꽃 흩뿌리던
설움 깊은 이 땅
뜨거운 숨결로 떠다니는
초혼의 꽃잎이여.
-「초혼의 꽃잎」 전문

까막까치가 놓아주는
둥근 오작교 건너
견우직녀 합환하는 밤이거든
내 그리운 이를 만나고 싶다.

삼백예순 여섯 해 단 하루
그 짧은 만남 긴 이별, 글썽이는 별빛에
　　〈중략〉
밤비 내리던 슬픈 이별에
직녀의 얼룩진 눈물이었나
짜다만 베틀에 거미줄 눈부신
비단 필 한 조각에
주르륵 꿰어진 이슬들이
빈 공중에 걸려있다.

-「직녀의 눈물」 부분

둘 다 역시 애절한 정한을 노래하고 있다. 다만 「초혼의 꽃잎」은 봄날 지는 꽃잎을 혼의 실체로 상징하여 그 아름다운 한때로 다시 돌아가길 바라는 마음에서 "복복복 외치"는 시적 화자의 심리를 잘 표현하고 있다. 특히 꽃잎으로 표현된 "청대 같이 젊어 죽은/ 네 불쌍한 넋"은 이미 앞에서 보았던 사랑하는 임으로 본다면 사랑의 완성을 위한 혼의 부름은 자연의 꽃잎으로 치환되어 언제든지 가능한 일이 되고 있다. 즉 "뜨거운 숨결로 떠다니는/ 초혼의 꽃잎"에서 볼 수 있는 것처럼 사랑은 당시의 사별로 끝나지 않고 자연의 꽃잎이 되돌아오듯이 혼을 부르고 혼에 공명하면 다시 그 사랑이 이어질 수 있음을 암시하고 있는 것이다. 특히 이 시는 김소월의 「초혼」을 연상케 하는 맛이 있어 우리 전통적 시가의 아름다움을 계승하는 듯도 하다.

혼의 감응이란 측면에서 본다면 「직녀의 눈물」은 의미심장하다. 전설 속의 견우와 직녀는 은하수를 사이에 두고 이별이란 형벌에 처해져 있지만 한 해 한 번 만나는 것으로 더 사랑은 절실하고 완전한 것으로 승화되어 간다. 이 점에 기대어 직녀로 투사된 시적 화자의 마음은 바로 이별이 끝이 아니라 보다 높고 깊은 사랑으로 완성되어 갈 것이라는 암시를 남기고 있는 것이다. 즉 "견우직녀 합환하는 밤이거든/ 내 그리운 이를 만나고 싶다."에서 볼 수 있듯 견우와 직녀처럼 그들의 사랑도 영원할 것임을 밝히고 있는 것이다. 그러면서 직녀의 가슴에 깃들인 이별의 슬픔을 "빈 공중에 걸려있는 이슬"로 아름답게 형상화하고 있다. 이 시에서 아름다움은 직녀의 마음에 깃들인 사랑의 슬픔이 영롱하게 구슬되어 있음이지 직녀의 낯빛이 곱고 영롱함을 이야기하는 것은 아니다. 그 점 조선영이 자신의 나이 듦에 따른 사랑의 슬픔을 어떻게 승화해 갈지에 대한 해석의 실마리가 된다.

　때문에 시인은 항상 사랑의 슬픔에 대해 초월하고 영원한 사랑을 추구하기 위해 현실적 삶에서 받는 상처와 슬픔을 치유하고자 노력한다. 그녀 시에 자주 보이는 음식 만들기 내지 음식 먹는 행위는 이러한 사랑의 슬픔과 생의 쓸쓸함을 위로하고 치유하는 상징적 행위다.

갑작스런 부음을 접하고
조문하고 돌아오는 길
출출한 골목을 들어서면
허름한 간판을 내걸고
멸치 다시 우린 맛
바다처럼 시원한 국수집에서

어느 엽엽한 아낙이 말아주는
국수 한 그릇 먹고 싶다
〈중략〉
노란 양푼에 국수사리를 넣고
부추 나물 고명에
김 가루를 뿌려가며
송송송 쪽파 향 같이 살자 더니
느닷없이 눈물 쏙 빼놓는 청량초
매운 이별들 허다한 일
                    -「흐린 날은 국수를 말고 싶다」부분

팔도시장 명태대가리 집에 가면
밤이 늦도록
막걸리 마시는 사람들이 있어 좋다
양주처럼 유혹적이지 않고
넘치도록 따라주는 인정에
마음을 털어 놓다가
막걸리처럼 걸쭉한 농을 걸기도 하는
마음 헐렁해져 편한 집
빗살무늬 부추 부침개에
명태 대가리 양볼따구를 발라 먹다가
                        -「그 집에서」부분

　　두 시에서 보이는 음식은 삶의 쓸쓸함과 죽음의 무상함
을 달래주는 물질로 등장한다. 특히 「흐린 날은 국수를 말
고 싶다」에서 "갑작스런 부음을 접하고/ 조문하고 돌아오
는 길"이란 표현을 두고 볼 때 죽음으로 인한 무상함을 허
기로 치환시켜 '국수'를 통해 위무 받고자한다. 그리고 국

수를 먹는 동안 고인을 생각하는 듯한 내용으로서 "송송 송 쪽파 향 같이 살자 더니/ 느닷없이 눈물 쏙 빼놓는 청량초/ 매운 이별들 허다한 일"이 되고 마는 삶의 숙명과 아쉬움을 피력하고 있다. 때문에 국수는 단순한 배고픔을 달래는 물질이 아니라 고인과의 추억을 매개시켜주고, 남겨진 자신의 존재적 외로움을 달래주는 질료로 기능하는 것이다.

이 점 「그 집에서」도 비슷하다. 그 집은 막걸리와 부침개, 명태 대가리 등을 먹으며 인정을 나누는 집이다. 즉 생의 온기 내지 활기가 가득한 집인 것이다. 활기는 죽음의 적막을 이겨내고 생의 쓸쓸함을 달래준다는 점에서 시인의 외로움과 슬픔을 달래주는 물질이자 요소라 할 수 있다. 이러한 음식과 관련하여 임을 생각하는 시는 조선영 시인의 이전 시집에서도 자주 나온 바가 있다. 가령 두 번째 시집의 표제시인 「칼국수를 미는 저녁」(푸른 별, 2011)에도 "내가 넓은 양푼이에/ 밀가루 반죽을 치대면/ 하루의 이야기를 잔잔히 늘어놓으며/ 잘곰잘곰 찬물을 끼얹으며/ 당신이 곁에 있었으면 좋겠다// 〈중략〉 //긴 면발처럼 길게 한 번 살아보자던/ 떠난 당신이 그립다"라고 노래함으로써 임에 대한 그리움을 칼국수 만드는 것에 빗대어 표현하고 있다. 그 점에서 음식은 죽은 혼을 부르는 물질이고 자신의 삶의 허기, 즉 한을 달래주는 물질인 셈이다. 시인에게 음식 만들기는 혼을 부르는 의식이자 혼의 일렁임에 경건하게 동화되어가는 자기투사 내지 자기치유인 셈이다.

그러나 무엇보다 그녀의 정신적 고달픔과 애환을 달래주

는 행위는 시 쓰기다. 시는 그녀가 죽은 임과 소통하는 일
이자 자신의 현세적 나약함과 물질성을 초월하는 방편이
다. 이미 이러한 시적 응수와 방향에 대해 앞의 시들에서
많이 보아왔다. 그러나 다음 시에서 그녀 스스로 시에 대
해 어떻게 생각하고 있나를 살펴봄으로써 이를 직접 확인
할 수 있다.

> 저 생생한 무수한 잎들처럼
> 파닥파닥 점멸하는 불꽃으로
> 팽팽히 후리는 우듬지 끝까지
> 높새바람 타고 솟구치고 싶던 일
> 그 무엇이더란 말이냐
> 　　〈중략〉
> 고집스럽게 시(詩)쉬하며 살았건만
> 어느 누구의 쓸쓸한 배경에 들어
> 저 미끈한 미루나무 같이
> 근사한 풍경하나 되지 못 한 것을……
> 　　　　　-「미루나무 아래서면」부분

　삶의 애환이 절절하게 배여 있다. 그러나 이 시에서 보여
주는 것은 지상에서 "높새바람 타고 솟구치고 싶던 일"이
다. 그것은 초월적 세계로의 비상이며 영적 세계로의 진입
을 의미한다. 그러나 인간은 솟구칠 수 없다. 그래서 지상
에서 그것을 가능케 하는 것은 "고집스럽게 시詩쉬하며 살
아"가는 데에 있다. 시가 바로 고통스런 그녀의 구원의 형
식이 되고 있음을 밝히고 있는 것이다. 때문에 시는 혼과
소통을 가능케 하고 그녀로 하여금 이 지상을 초월해 영적

존재가 될 수 있는 가능성을 부여한다.

그러나 이 또한 관념일 수 있음은 시인도 알고 우리도 알고 있다. 그렇기 때문에 현실적 삶에 대한 반성이 더욱 진정성을 내보일 때가 있다. 그래서 시인은 현실적 삶의 형식에 너무 타협하고 속물화되어 가면 보다 영적인 존재가 되기 위해 자신의 삶에 대한 반성적 성찰을 하거나 제 삶에 대한 위로의 시선을 던지기도 한다. 가령 "벌써 영하의 얼음이 얼고/ 추위와 맞서는 견고한 극기// 〈중략〉 // 신선대 입석대엔 넓은 돌방석이 깔리고/ 면벽의 동안거에 든 선승의 고요한 묵언/ 카랑카랑 매서운 북풍이 죽비처럼/ 삼라만상의 어깨를 내려친다."(「구봉산을 오르며」)에서 볼 수 있는 것처럼 견고한 극기의 자세로 흐트러진 자신의 삶의 자세에 '죽비'를 맞게 한다거나, "집으로 돌아가는/ 사람들의 어깨 위에/ 힘들게 살아온 날들/ 고된 삶의 계급장 같은/ 꽃잎 견장이 빛나고 있었다"(「꽃잎 견장」)처럼 고된 삶의 계급장으로서 '꽃잎 견장'을 달아준다. 이 모든 것은 한스런 삶에 대한 성찰과 자기 위로를 통해 의미 있는 삶을 추구하기 위한 자세에서 비롯된 것이다. 그 추구의 자세에서 그녀의 시는 다시 보다 높은 세계로의 비약을 감행한다.

영원한 사랑에의 염원과 천상적 삶의 희구

조선영의 시는 사랑의 정한을 그 시적 밑그림으로 깔고 있지만 그 정한의 무게와 색채에 짓눌려 있는 것은 아니

다. 앞에서 보았듯이 '애이불비'의 마음으로 이 세계와 자
신의 삶을 바라보고 있다. 그것은 보다 거시적, 우주적 차
원의 응시다. 그 점에서 그녀의 시는 보다 사랑의 완성, 자
신의 삶의 완성을 위한 상태로의 상상력을 발동한다. 다음
시편이 바로 그와 같은 경우가 아니겠는가.

꽃샘바람 찬바람에 감기 드실라
신방을 둘러친 매화 방창 병풍
삼월의 문밖으로 춘설은 내리고
홍매화 붉은 뺨의 열여덟 어린 아씨
연지곤지 수줍음에
향 촛불 다소곳한 첫날 밤
무지개 빛 색동저고리
다홍치마 걷워 앉아
두 볼에 살며시 짓는
볼우물은 깊어 별빛 고운 밤
향기로운 봄의 화관
검은 머리 연분홍 꽃 댕기드린
쪽두리 쓰게를 내려주며
청실홍실 마주 엮어
귀밑머리 풀어 한 백년 맺은 가약
꽃가마 타고 오던
아릿다운 그 옛일들이
아롱다롱 아지랑이 피는 이 봄날
어여쁘라 족두리 머리 쓰고
사뿐사뿐 잇따라
새 아씨 걸음으로 오는가

-「족두리 쓰고 오는 봄」 전문

이 시를 읽어보면 사랑은 영원한 것이다란 것을 알게 된다. 그 옛날 시적 화자가 경험했을 신부의 아름다운 한 때를 기억하고, 기록하여 오는 봄에 비유하고 있다. 봄은 자신의 젊은 날의 사랑을 되돌이표로 울려주고, 살아나게 하는 현상이다. 사라지고 소멸된 세계를 다시 살려내고 반복하게 하는 것은 자연의 순환밖에 없다. 나의 사랑도 그와 같을 것이라는 직감과 기꺼움을 이 시는 봄의 생령과 활기에 빗대 표현함으로써 사랑의 영원성을 말하고 있는 것이다.

여기서 우리는 기억의 아름다움을 보게 된다. 결혼식 당일의 신부의 아름다운 모습은 이제 시적 화자에겐 그저 아름다운 한때의 기억일 뿐이다. 더 좋게 해야 된다거나 다음에 어떻게 해야된다는 등의 실용적 목적이 없는 기억이다. 기억의 이러한 순수성을 쇼펜하우어는 욕망 없는 지식이라 불렀다. 이 기억은 시간을 초월해 인간의 가장 순수하고 아름다운 것을 영적인 세계로 인도하고 완전한 것으로 만든다는 데에 그 의의가 있다. 그 점에서 「족두리 쓰고 오는 봄」은 시인이 인식하고 있는 가장 아름답고 완전한 사랑의 모습이다.

그러한 사랑에 대한 바람과 인식이 있으므로 오늘의 사랑과는 다른 절절하고 영원한 사랑을 꿈꾸게 된다. 그러므로 다음과 같이 천 년의 사랑을 조시인이 노래하는 것은 전혀 이상한 일이 아니다.

한번 뜨겁게 불을 지폈다 하면 부채 살처럼 퍼지

는 불고래 덕에 백일이 따뜻했다는 담공 선사가
축조한 버금 아자방엔 석 달 열흘 하루 한 끼로 장
좌 불와 면벽하는 스님들의 벙어리 공부는 죽비를
내리치는 매서운 서릿발 같았던가, 빨리 데워지는
것이 쉬 식는 작금의 시절에 식을까 불안하게 껴
입은 사랑도 한번 지폈다 하면 아자방 화구에 밀
어 넣은 화엄의 불꽃처럼 찬 돌에 옮겨 붙어 잘 식
을 줄 모르는 천년 약속 같은 감동이었음 하네
-「아자방 사랑」 부분

영원한 사랑을 노래하고 있는 이 시는 자신의 염원을 대
신하고 있다. "사랑도 한번 지폈다 하면 아자방 화구에 밀
어 넣은 화엄의 불꽃처럼 찬 돌에 옮겨 붙어 잘 식을 줄 모
르는 천년 약속 같은 감동이었음 하네"라고 말하고 있는
것은 시적 화자의 정결한 사랑에 대한 감정이자 기원이다.
　이러한 사랑은 지상의 사랑으로 끝나지 않는다. 우주적
이고 초월적인 세계로 확장되어 영원한 관계로 승화되어
존재한다. 우주적 이끌림과 탈속적 운명에 대한 자각은 천
상적 세계로 우리를 인도하는 것이다. 다음 두 편의 시는
그 점에서 현생에서 내생으로, 혹은 이 우주적 신비와 운
명에 보내는 시적 화자의 간구이자 사랑의 노래다.

　짝짓기 철이면 우 ~휘익~ 우우우 최신 곡으로
노래하는 수컷들의 유혹이 암컷들 사이에서 감동
의 인기를 누리는데 폐활량 좋은 혹등고래의 노래
는 절절한 사랑가를 부르고 칠팔월 번식의 시기
두들겨 맞은 듯 소리의 진동을 온몸으로 느낄 베
이스음까지 푸른 심해에서 울려오는 지구의 원주

율에 주파수를 맞추면 자전의 궤도를 이탈한 사랑
의 세레나데가 우주로 송신되고 있다
-「노래하는 혹등고래」 부분

　　늙은 플라타너스가 바람의 합창을 하는 무더운
여름, 공깃돌 놀던 아이들 잊혀진 기억들 앞구르
기 하는 모래알 분교 운동장, 조용해진 쓸쓸함 그
빈틈을 타 잡초들 슬금슬금 웃자란다. 오래전 교
실엔 자폐증을 앓는 벙어리 손풍금이 더듬이를 세
우며 옛 동요의 음계를 짚어내고 오른편 폐교의
풍경이 된 책 읽는 소녀의 희망은 외롭다. 밤이 이
슥할 즈음 사람들은 소망하는 그 곳에 높이 오르
기를…… 마음의 심지에 불빛을 점등하며 오색의
풍등을 띄워본다. 더 높이 올라 별이 되기를 우주
로 전송 되는 늦은 내 수신호에 두 손을 모우며 아
름다운 비상을 꿈꾸는 여름 밤, 환호하는 세상의
중심으로 밀어 올리는 공중부양의 힘, 그것은 드
센 바람이 아니라 은유의 별빛을 찾아가는 풍등
속에서 피는 따뜻한 가슴의 고동 같은 성스러운
불꽃 이었네
-「풍등을 올리며」 전문

「노래하는 혹등고래」는 전달의 욕망이 전면을 지배하고
있다. 즉 사랑을 표현하고자 하는 욕망이 작품의 전면에
깔려 있다. 무엇을 전하고자 하는 것일까? 그것은 시적 정
보로 볼 때 사랑의 감정이다. 즉 "사랑의 세레나데"로 이
름 붙여진 생명의 본능적이고도 그래서 애절하기까지 한
사랑의 소리가 우주로, 이 지구상의 경계를 넘어 물결치고

있음을 그리고 있다. 그것은 시적 화자가 혹등고래를 빌어 자신의 감정을 이 우주로 송신하고 싶은 마음을 감정이입하고 있는 것이라 할 수 있다. 그 송신의 대상은 이 지구 밖 우주에 존재하는 것으로 볼 때 경계를 벗어난 존재라 할 수 있다. 즉 초월적 존재이거나 죽은 임의 영혼일 수 있는 것이다. 사랑은 전파를 타고 수신과 접신될 수 있음을 이 시는 말해주고 있다. 그것은 이때까지 보여준 정한의 슬픔을 우주로 울려 퍼지게 한다고 볼 수 있다.

한편 이 시는 상승지향적 측면을 갖고 있는 점에서 주목할 필요가 있다. 우주로의 상승은 현재적 삶으로부터의 초월을 함의한다. 즉 지상적 삶의 한계나 경계에 매이지 않고 자유로운 영혼으로 우주와 교신을 하겠다는 의지로 읽힌다. 아니 교감의 단계로 나아가는 접신과 영매의 속성을 보여주는 것이다. 초월적 사유는 지상의 한계와 구속을 벗어나는 데 그 의미가 있다.

이 점과 관련하여 「풍등을 올리며」는 그 의미를 확보한다. 소원의 간절함은 존재를 지상에서 천상으로 솟구치게 하는 법이다. 이 시가 갖는 간절함은 그것이 소원을 빈다는 데 있는 것이 아니라 바람을 타고 하늘로 솟구치는 부력에 있다. 즉 시에서 "공중부양의 힘"이라 일컬어지는 것의 실체는 간절한 마음의 염원이 밀어올리는 기원의 힘인 것이다. 상승과 비상의 이미지를 가지면서 이 시는 천상적 삶, 즉 "은유의 별빛"으로 표현된 세계에 대한 동경을 함축하고 있다. 천상에는 지상의 한과 슬픔을 초월해 자유와 평화가 깃들어 있기 때문에 시적 화자는 간절하고 절실한 마음으로 '풍등'을 띄워 하늘로 올려 보낸다. 그 모든 것을 가능케 하는 것이 바로 "따뜻한 가슴의 고동 같은 성스러운 불꽃"이다. 바로 영적 세계로 나아가고자 하는 존재의 서원誓願, 즉 존재의 성화聖火인 것이다. 이 성화를 피워 올림으로써 조선영의 시는 우주로 울려퍼지는 정한의 물결이 되고 우주적 만다라로 꽃 피어 사랑의 완성을 이룰 수 있게 되는 것이다.

그런 점에서 시는 존재의 울림이자 존재를 울리는 비원悲願이 아닐까. 존재를 울리는 근원적 요소로 슬픈 바람을 생각지 않을 수 없다. 슬픈 바람은 지극한 바람일 것이다. 지극한 것은 세상을 두렵게 보고 정성을 다하여 섬기게 하는 것이다. 임으로 대변된 이 세계의 의미있는 존재들을 향해 그 존재의 존재성에 대한 절실하고 간절한 기구를 서원의 형식으로 쓰는 것, 그것이 바로 시라면 조선영의 이번 시집의 시들도 바로 그런 것들이다. 그 점에서 여러 방만하고 관념적인 부분이 설혹 있더라도 이를 이겨내고 그녀의 시가 주목받을 이유가 여기에 있다. 조선영 시인이 할머니인줄 시를 통해 알았듯이 할머니는 기호와 숫자일 뿐 마음의, 영혼의 단련과는 아무 관계없으니 보다 높고 황홀한 시적 세계로 나아가길 독자의 한 사람으로 빌어마지 않는다.